Anna Seghers

Jans muß sterben

Anna Seghers

Jans muß sterben

Aufbau-Verlag

Mit einer Nachbemerkung
von Pierre Radvanyi
und einem Nachwort
von Christiane Zehl Romero

ISBN 3-351-03499-7

1. Auflage 2000

Lektorat Almut Giesecke
Einbandgestaltung Henkel/Lemme
Druck und Binden
Graphischer Großbetrieb Pößneck
Ein Mohndruckbetrieb
Printed in Germany

www.aufbau-verlag.de

Niemand weiß, ob Jans Jansen an diesem Tag hinfiel, weil ihm schwindlig war, oder ob ihm erst schwindlig wurde, weil er hingefallen war. Er stolperte, fiel um und sprang jedenfalls gleich auf die Füße. Er griff sich an den Kopf, sein Finger war nicht einmal blutig, und er lief auf die Brücke, wohin er jeden Nachmittag zu laufen pflegte. Rittlings auf dem Geländer saßen ein paar Knaben, und Jans kletterte dazu. Es war aber heute keineswegs so großartig wie sonst, rittlings auf dem Brückengeländer zu sitzen. Nur weil er nicht den geringsten Grund wußte, es nicht mehr so großartig zu finden, blieb er sitzen. Aber die Brücke und das Wasser und die Ufer, alles war heute mit einem dünnen Staub von Langweile überzogen. Zwei, drei Knaben kletterten vorsichtig an der gefährlichen Seite des Geländers herunter, zwischen den Balken unterhalb der Brücke entlang und auf der anderen Seite wieder herauf. Mittags, wenn die Sonne durch die Ritzen der Bretter schien, konnte man im braunen Wasser unter dem Brückenbogen eine Spiegelbrücke sehn, und zwischen ihren Pfeilern, unbestimmt und glitzernd, kletterten behend die kleinen Knaben herum, die im vorigen Sommer bei diesem Spiel ertrunken waren, ohne es deshalb aufgegeben zu haben. Wer aber wieder glücklich heraufstieg, der brachte den Gefährten in seinen Augen kleine dunkle Punkte von überstandener Angst mit und in seinem verschwitzten Gesicht den Glanz des Abenteuers, der eben nur da unten zu finden war. Doch heute hatte Jans gar kein Verlangen nach Glanz, er hatte indessen Heimweh, ein quälendes, die Kehle zuschnürendes Heimweh – sonderbar, denn das Haus, in dem er wohnte, lag höchstens zehn Minuten entfernt, mürrisch und vielstöckig über dem Fluß am Ende der Gasse, Jans konnte das Küchenfenster mit den Geranientöpfen unterscheiden.

Jans kroch herunter und schlenderte nach Hause. Die Haustür war so schwer und die Treppe so steil. Aus dem Hof, wo die Abfalleimer standen, kam ein sommerlich fauler fader Geruch. Jans spürte ihn auf der Zunge. Er stieg schneller, und auf einmal war ihm wieder schwindlig, und die Stufen schwammen. Die Türklinke, die er brauchte, gelber als die übrigen auf dem Flur, flimmerte so widerlich, daß er sich gar nicht entschließen konnte, darauf zu drücken. Er tat es schließlich doch und stand auf der Schwelle. Er war sieben Jahre alt, er hatte eine rote Hose an, seine Schuhe waren niedergetreten, seine Beine nackt, mit kreisrunden Malen und Schrammen auf den Knien.

Alles an ihm war goldbraun, durchgereift vom Sommer, seine Haut, seine runden glänzenden Augen, sein Haar, das in dichten struppigen Büscheln vom Wirbel abfiel. Seine Mutter, die am Herd stand und in einem Topf rührte, drehte sich bei seinem Anblick um, überrascht, weil er so früh am Abend heimkam.

Jans' Eltern waren noch junge Leute. Sie hatten früh geheiratet und waren gleichaltrig. Aber während Martin Jansen mit seinem rasierten Kinn, seinem blauen Arbeiterkittel immer noch einem aufgeschossenen gutmütigen Bengel glich, war Marie ein kräftiges junges Weib geworden –. Was hatte sie sich nur damals gedacht, als sie diesen Martin genommen hatte, der in die stickige, von Eltern und Geschwistern quälend übervolle Stube mit ein bißchen Zärtlichkeit und Lustigkeit hereingeschneit kam? für den es sich lohnte, das weiße Kleid zum

Sonntag zu bügeln und der ihr manchmal in der Bude am Brückenkopf Veilchensträußchen kaufte? Hatte sie geglaubt, daß das neue Zimmer, in das sie gar nicht erwarten konnte einzuziehn, aus etwas andrem bestünde als aus einer Decke, vier Wänden und einem Fußboden? Hatte sie nicht geahnt, daß sein bißchen, durch allerhand Vorfreude hochgetriebene Lustigkeit sich bald abnutzen, daß es ihr mit seinen paar Zärtlichkeiten gehen würde wie mit dem Klang seiner Fußtritte, auf die sie früher ungeduldig gehorcht hatte und die sie jetzt gewohnt war ein paarmal täglich um dieselbe Zeit die Stufen heraufkommen zu hören? –

Und Marie war nicht dumm, sie war behend genug, alles gleich zu verstehn. Da gab es bald eine Liebelei mit einem hübschen Burschen, einen Stock tiefer. Doch ehe Martins Einwände noch etwas nützten, hatte der andere seinerseits eine Liebschaft mit einer jungen Magd aus der Nachbarschaft angeknüpft, und die beiden störten sich bald gar nicht daran, umschlungen im Hausflur zu stehen, wenn Marie mit ihrem Korb vorüberkam. Zuerst fühlte sie Stiche im Herz, aber dann war es ihr einerlei. Sie sah ihn, wie er war, gutmütig und zärtlich und gleichgültig, genau wie ihr Mann, einer wie der andre, nicht schlechter, nicht besser. – Es wäre ihr wohler gewesen, Jansen wäre jähzornig und unleidlich geworden, er hätte etwas an sich bekommen, um sich davor zu grauen und zu ekeln, aber da saß er friedlich mit seinen langen Beinen, lächelnd, meistens ein bißchen verlegen. Von ihm aus hätte ja keine Veränderung zu kommen brauchen, er begriff Mariens Erbitterung nicht. Er hätte ruhig seine Liedchen weitergepfiffen, seine Veilchensträußchen weitergekauft. Freilich, wie sich jetzt die Dinge anließen, hätte auch er es lieber gesehen, wenn Marie auch ihrerseits etwas abgeblüht und abgemagert wäre. Er hätte sie in ihrer ganzen Erbitterung hinter dem Küchenfenster gelassen und wäre seines Wegs gegangen. Aber wie konnte er seines Wegs gehn, wo Marie da oben saß, jung, duftend, gesund?

Die letzten Wochen, bevor das Kind kam, waren die schrecklichsten überhaupt. Der Sommer war heiß und die Arbeit hart für ihren schweren Körper. Jansen wurde ganz verstört durch diese fremde Marie mit veränderter Stimme und verschwommenen Gesichtszügen. Und Marie war fast erleichtert, als er endlich wirklich anfing, seines Wegs zu gehn und zu trinken, und sie etwas Handgreifliches für ihre Verachtung hatte. –

Und dann kam das Kind. Es lag da und schrie. Es war eigentlich nur noch ein Körper mehr in dem engen Zimmer. Aber wenn die Wände immer mehr zusammengedrückt und sie in einem Sarg umfaßt hätten, es wäre ihr einerlei gewesen. Es war aus mit ihrer großen Erwartung und ihren tausend kleinen Wünschen. Sie hatte etwas zum Lieben, alles war erreicht! Nicht nur wenn sie ihre Brust für das Kind frei machte, auch wenn sie ganz für sich ihre Zöpfe aufband oder etwa die welken Blätter von den Geranientöpfen pflückte – die sie nur in den ersten Wochen der Ehe gehalten und dann wieder abgeschafft hatte –, so tat sie es mit dem ständigen unbestimmten Lächeln der Liebenden. Wenn ihr Mann eintrat, zog sie erschrocken ihr Tuch über Brust und Kind oder den Vorhang vor die Wiege.

Hätte sie sich nur mit einem Blick um ihren Mann gekümmert, sie hätte ihn nicht mehr wiedererkannt. Sein gleichmütiges Jungengesicht war seit kurzer Zeit blaß und mager und fast verhärmt wie bei Grüblern, und in seinen Augen lag der flimmernde Glanz von Träumern. Jetzt begriff er ebensowenig Mariens Ruhe wie ehemals ihre Erbitterung. Er, der jetzt alle Erbitterung, allen Zorn, alle Erwartung der Welt begreifen, ja überbieten konnte.

Für ihn war nichts zu Ende, für ihn zog in diese nackte enge, nach Suppe und Wäsche riechende Stube die Hoffnung in ihrem glitzernden Kleid erst ein. Wenn sein Blick nur das Kind streifte, so erfüllte sich sein Herz mit verwickelten unsinnigen Plänen, mit abenteuerlichen leuchtenden Wünschen. Wenn sein kleiner Fuß mit eingezogenen Zehen unter der Decke herausschaute, überkam ihn eine Lust nach Zärtlichkeit, die es mit hundert Marien in ihrer sehnsüchtigsten Zeit aufnehmen konnte. – Aber er behielt alles für sich. Nur wenn Marie einmal herausgegangen war, tupfte er mit dem Zeigefinger eine Delle in das weiche Fleisch des Kindes. Oder er legte abends ein Spielzeug zwischen die Kissen, und Marie fand es am Morgen und betrachtete es eifersüchtig und argwöhnisch.

Jans wuchs. Er aß und schlief und spielte. Wenn er zwischen seinen Eltern am Tisch saß und seine Suppe auslöffelte, bemerkte er nicht, wie sie manchmal quer über den Tisch nach dem Brot langten, um sein Haar oder seinen nackten Arm berühren zu können. Später, wenn er des Morgens mit seinem Vater gleichzeitig wegging, dieser in die Fabrik, er in die Schule, war er froh, wenn das gemeinsame Stück Weg zu Ende war und er drauflosrennen konnte, während sein Vater noch einmal stehenblieb und ihm nachsah, jedesmal mit einem Zucken der Trennung.

Bei alledem, Jansen war einsilbig, und auch Marie war keineswegs erfinderisch. In was hätte sie ihre Liebe auch anders zeigen können als in einem gesparten kalbsledernen Schulranzen und Goldpapiergriffel oder in diesem merkwürdigen in die Augen stechenden Rot für Jans' neue Hosen? Und Jans wurde von Tag zu Tag brauner und kräftiger. Aber unter seinen Gefährten, die mit ihm auf dem Brückengeländer ritten, gab es noch mehr braune kräftige Knaben. Er hatte keine Zeichen in seine Stirn eingebrannt, er glich in nichts einem Ding, an das wilde Hoffnungen und verzweifelte Erwartungen geknüpft sind. –

Nachdem Jans an diesem Nachmittag eingetreten war, setzte er sich rittlings auf einen Stuhl und legte sein Gesicht auf die Lehne. Eine Mücke, ein glitzerndes Pünktchen, setzte sich auf seine Hand, und er war zu faul, sie zu verscheuchen. Sie kroch weiter, und wie sie lautlos unter seinen Ärmel wanderte, graute er sich plötzlich und rief laut: Mutter! Seine Mutter stellte gerade die Teller auf den Tisch und wollte etwas sagen, als sie Jansens Schritte auf der Treppe hörte und schnell die Suppe einfüllte. Auch Jans horchte, wie sein Vater den Flur entlangkam, und wurde wach und vergnügt dabei. Jetzt mußte etwas Neues eintreffen, jetzt hatte dieser heiße öde Tag, der aus irgendeinem Grund so ganz anders war als alle Tage, die er je erlebt hatte, endgültig ein Ende.

Martin Jansen trat mit seinem immer etwas verlegenen Guten Abend ein und hing die Mütze auf. Alle setzten sich stumm zu Tisch. Jans wollte genauso freudig und hungrig anfangen wie immer, als er aber zwei, drei Schluck genommen hatte, konnte er den Geruch, der aus der Suppe herauskam, nicht mehr aushalten und lehnte den Löffel an den Teller. Er sah zerstreut über den Tisch zum Fenster hinaus, wobei seine Mundwinkel kläglich herunterhingen; in diesem Augenblick sah Jansen zum ersten Mal am Abend seinen Jungen an. Und wie er so zufällig sein Gesicht auffing mit dem halboffenen verlassenen Mund und den trüben ins Leere fließenden Augen, schnürte sich sofort sein Herz vor Schrekken zusammen, und eine unsagbare Angst biß sich in seiner Seele fest.

Wie oft war Jans schon blutig und zerschunden oder hustend und durchnäßt heimgekommen! Jansen hatte gar nicht darauf achtgegeben! Er war immer so unerschütterlich fest in seiner Zuversicht gewesen. Ebensogut konnte die Erde bersten wie Jans etwas zustoßen, warum sich mit unsinnigen Gedanken abgeben? –

Und jetzt war die Erde geborsten. Das war nicht mehr das runde Jansgesicht, der Ort, an dem seine Zukunft verankert lag, der Schauplatz seiner Träume, das war ein fremdes unbekanntes Gesicht, wo alle seine Hoffnungen abprallten.

Wie konnte nur Marie nichts bemerken und in diesem schrecklichen Augenblick dastehen und Brötchen in die Suppe schneiden? »Iß doch«, sagte sie, und Martin zerrieb das Brot zwischen den Zähnen, während sein Herz im Takt dazu sagte »Gott im Himmel hilf! Gott im Himmel hilf!« –

»Ich kann nicht essen«, sagte auf einmal Jans mit erstaunter, kläglicher Stimme. Jetzt wurde auch seine Mutter aufmerksam. Aber ihr Herz blieb keineswegs vor Schrecken stehn. Sie legte nur ihren Arm um Jans' Rücken und lächelnd und zärtlich, ihr Kinn auf sein Haar gestützt, nötigte sie ihn fertigzuessen. Als auf dem Grund von Jans' Teller das Bildchen unter einer dünnen Suppenschicht zum Vorschein kam, stülpte sie zufrieden alle drei Teller ineinander und trug sie weg, während sich Jans ihr nachdrückte und Jansen, den Kopf in die Hände gestützt, am Tisch sitzen blieb. Aber das pflegte er immer zu tun, und niemand gab auf ihn acht.

Plötzlich fing Jans zu weinen an. Kein Anlaß war da, er schluchzte und drückte sein Gesicht in Mariens Rock. Jansen hatte die Hände vom Gesicht gezogen und trommelte mit den Fingern auf den Tisch. Jans' ruckweises Schluchzen zuckte in sein Gesicht, und das leise Nachwimmern rieselte durch seinen Körper. Marie warf einen geringschätzigen Blick auf diesen Martin, der mit den Fingerspitzen auf den Tisch trommelte, schlug die Falten ihres Rockes um das Kind und wiegte es hin und her, bis das Weinen aufhörte. Jans hätte gern noch weiter geweint, es tat so gut, alle Langweile dieses öden mißlungenen Tages herauszuweinen, aber sein Kopf fing an, ihm weh zu tun, was die Freude am Weinen nicht aufwog. Auch legte ihn seine Mutter mit starken, behenden Armen aufs Bett, zog ihm Schuh und Strümpfe, Hemd und Hose aus und wickelte ihn in die Decke. Etwas Besseres hatte er lange nicht mehr erlebt. »Er schläft schon!« hörte er seine Mutter sagen. »Meine Mutter ist dumm«, dachte er. Marie fing an mit dem Geschirr zu klappern, und

Jans kam es vor, als ob jemand mit den Nägeln über eine Schramme kratzte. Endlich war sie fertig. Sie trat noch einmal an sein Bett, aber Jans preßte die Augen zu, um nicht mehr gestört zu werden. Kaum drehte sie ihm den Rücken, als er die Augen wieder aufriß. Es ging gar nicht leicht, sie klebten zu, und es gehörte ein Entschluß dazu, sie aufzureißen. Die Dunkelheit brach an. Jans wunderte sich. Alle Sachen fingen an sich zu blähen und zu dehnen. Sie konnten es nicht mehr aushalten, länger mit festen, klaren Umrissen dazustehen, sie wollten nicht immer Töpfe und Stühle, Bretter und Haken bleiben, sie schwemmten über ihre Ränder hinweg und stellten sich, als ob sie ebenfalls lebendige Gesichter und Gliedmaßen hätten. Seine Mutter hatte sich ein neues Geräusch ausgedacht: sie raschelte. Er schielte herüber, da schlupfte sie aus ihren Kleidern, sie leuchtete weiß, arglos brachte sie alles zum Vorschein, was sie am Tag verborgen hielt und er in gewöhnlichen Nächten verschlief, sie hatte ihren Jungen betrogen, sonderbar und Grauen erregend sah sie in Wirklichkeit aus wie nur irgendein Fabelwesen, sie hatte nicht die geringste Ähnlichkeit mit einem rechten Menschen, sie sah gar nicht aus, wie eine Mutter aussehen muß. Dazu reckte sie jetzt ihre Arme und fing an zu schwanken und zu tanzen, und auch das große Bett schwankte und schwirrte mit und die Stühle und die Schuhe auf dem Boden und die Mütze an der Wand und Jans' kleines Bettchen, sosehr er sich sträubte. Als ob jemand diesem dummen Zimmer einen Fußtritt versetzt hätte, schwankte es hin und her, hin und her, nicht zum Aushalten. Da erblickte Jans seinen Vater, einen Schatten nur in der Dunkelheit, aber ein fester Schatten, der einzige Schatten in diesem Zimmer, der sich in dieser Nacht nicht darauf einließ zu schwanken. Nein, Jans' Vater war kein Tänzer, kein Abenteurer, er war Martin Jansen, ein langsamer, schwerfälliger Mensch, da saß er noch am selben Fleck, wo ihn das Unglück überrascht hatte, über den Tisch gebeugt, den Kopf in den Händen und starrte vor sich hin. Er war nachts nicht anders wie am Tage, er war Jans' Vater, und Jans wurde ruhig, und seine Angst wäre fast zu Ende gewesen, wenn er nicht diesen faulen faden Geruch auf der Zunge behalten hätte. –

Er kam von den Abfalleimern im Hof, Jans stand auf einmal wieder im Hausgang, er mußte die Treppen hinauf, aber sie waren so unermeßlich steil, daß es unmöglich war, heraufzukommen. Die Zunge klebte ihm, es war ein drückend heißer Nachmittag, dazu war es leer und still, eine ganz sonderbare Stille im Treppenhaus, eine Stille, in der das Herz vor Grauen saust. Auf einmal kam ein schriller Pfiff, und einen Augenblick später schnurrte blitzschnell ein verschrumpfter kurzhosiger Zwerg, ein altes ekelhaftes Männchen, das Treppengeländer herunter und purzelte über Jans' Füße, sein nacktes Bein streifend, ins Freie.

Jans riß die Augen auf. Seine Glieder waren noch ganz steif vor Grauen. Es war Nacht, aber obwohl es finster im Zimmer war, wurde doch noch geschwirrt und geschwankt, besonders ein schmaler Lichtstreifen, den die einsame Laterne im Hof an die Wand warf. Jans hatte Durst. Da drüben am Tisch saß sein Vater, aber so groß und feierlich saß er da, daß es unmöglich war, ihn wegen etwas Durst anzurufen. Saß Jansen da, weil es immerhin gut war, Nachtwache zu halten, wenn ein Krankes im Zimmer war, oder wußte er gar nicht, daß die Nacht über ihn hereingebrochen war? Vorhin hatte er einmal gewagt, einen Blick auf das Bett zu werfen, und er hatte gleich wieder die Hände vors Gesicht geschlagen und zwang nun seinen törichten Kopf, sich das Unvorstellbare vorzustellen, und sein armes Herz ohne Hoffnung zu schlagen. Aber er konnte es unmöglich begreifen, daß er in diesem Zimmer schlafen und essen, durch die Gassen gehn und in der Fabrik stehen sollte, ohne die Erwartung, ohne die Vorfreude von sieben Jahren. Er rückte an seinem Stuhl. Aber ohne Hoffnung hatte es keinen Sinn zu schlafen, keinen Sinn zu wachen, nein, er blieb schon sitzen. »Was tut nur mein Vater? Warum tut er das?« dachte Jans, »pflegt er das jede Nacht zu tun?« Und er wunderte sich, was sein Vater mit seinen Händen anfing, die er rang, daß die Finger krachten, und was für wunderliche Töne aus seinem Munde kamen.

Nach und nach wurde der Laternenstreifen blasser, und Vaters Mütze, Ofenrohr und Stühle und manches andre kamen wieder zurück, wie Schaumblasen in weißem milchigem Licht. Jans fiel es ein, daß der Tag anbrach. Aber er hatte gar keine Lust nach Tag, seine Augen klebten, er schämte sich vor dem Licht. Im Efeu im Hof fingen die Spatzen an zu pfeifen. Jans schämte sich noch mehr. Da sah er zu seinem Vater hinüber, der einzige, der mit ihm ausgehalten hatte. Aber gerade in diesem Augenblick streckte sein Vater die im Frühlicht ganz fahlen Arme über den Tisch, und ohne daß Jansen es wollte, glitt sein armes Gesicht auf die Tischplatte dazwischen und schlief ein. Und Jans dachte enttäuscht, daß auch sein Vater ihn doch noch in letzter Stunde im Stich ließ. Da fing sein Bett wieder an, diesmal gleichmäßiger und sachter, hin und her zu wiegen, und er hörte auf zu denken.

Das war die erste Nacht, die Jans in seinem Leben wachend verbrachte. Um halb sieben rasselte der Wecker, den Marie in eine Untertasse zu stellen pflegte, um mehr Lärm zu bekommen, denn ihr Schlaf war tief und schwer. Marie gähnte und reckte sich, sie freute sich aufzuwachen, in ihrem frischen, ausgeruhten schlafdurchwärmten Körper. Auf einmal stutzte sie im Gähnen, sprang auf die Füße und lief an Jans' Bett. Sie bückte sich tiefer und versuchte ihn herauszuziehn, denn er hatte sich wie ein leidendes Tierchen in eine Bettgrube verwühlt. Wie sie aber seinen starren, glühenden Körper zu fassen bekam, von dem der Kopf wie ein Puppenkopf nach hinten baumelte, mit offenen blinden Augen, fuhr sie zurück, starrte ihn an, drückte seinen Kopf zwischen ihre Brüste und starrte ihn wieder an, wobei in ihre Augen dieselben kleinen Punkte kamen wie damals, als sie den flüchtigen Gefährten vom Stock tiefer mit seiner Liebsten im

Hausgang erblickt hatte. Aber hier fing sie an zu bitten und zu betteln und zu streicheln, worauf Jans freilich nur ein wenig mit den Augen zwinkerte mit trüben argwöhnischen Blicken, unter seinen langen verklebten Wimpern. Da fielen Mariens Arme herunter, und sie sah sich hilfesuchend im Zimmer um. Sie erblickte ihren Mann, den Oberkörper quer über den Tisch, als ob die Tischplatte ein Brunnen wäre, in den er sich stürzen wollte. Sie packte ihn an den Schultern und schüttelte ihn hin und her, ganz wild vor Verachtung. Sie fuhr auch noch fort zu schütteln, als Jansen schon aufgewacht war, sein gewöhnliches verlegenes Lächeln um den Mund. »Jans ist krank!« schrie sie ihm ins Gesicht. »Du Lump! Du Gauner! Jans ist krank!!« Aber Jansen nickte nur, und Marie warf sich über Jans' Bett. Jansen blieb stehen, lang und hager, mit seinem verwirrten Lächeln. Feste Riegel hatte dieser Martin Jansen vor sein Herz gelegt, große Schätze von Angst und Qual konnte er darin beherbergen, ohne daß gleich alles herausbrach und alle behelligte. »Nimm deine Mütze«, fuhr Marie herum, »und mach, daß du fortkommst!« Und Jansen gehorchte, er nahm seine Mütze und setzte sie auf und klammerte sich nicht an die Bettpfosten seines Kindes, er ging in die Fabrik, er torkelte ein bißchen, aber es war doch noch der sicherste Weg. Halt, auf der Schwelle kehrte er doch noch einmal um. »Da draußen ruft dich jemand, Marie.« Marie lief hinaus, und Jansen sprang ans Bett, riß das Kind an sich und bedeckte es von oben bis unten mit Küssen. Die Tür krachte, und er legte es schnell wieder unter die Decke. »Niemand hat gerufen«, sagte Marie böse, »mach, daß du fortkommst!« Und kaum war er fort, als Marie aufweinte, sich nach Herzenslust und ohne Störung ausweinte. Manchmal, wenn sie das Kind mit trüben verweinten Augen anbettelte, kam wirklich in Jans' trüben Blick ein Ziel, ein Ausdruck von Trauer und Argwohn, als ob er an einer ganz andren weit geheimnisvolleren Krankheit litte als die, um deren Namen sich seine Mutter den Kopf zerbrach. Er drängte sich von ihr weg und versuchte sich in einen Winkel seines Bettes zu vergraben, und manchmal hob er den Arm, der über Nacht abgemagert, und deutete in die Luft, als ob es dort etwas viel Dringlicheres und Sonderbareres zu sehen gäbe als das nahe, rotgeweinte Gesicht seiner Mutter.

Der Morgen ließ sich an wie gewöhnlich. Die Sonne brannte auf den Hof, und Nachbarsfrauen hingen die Wäsche auf. Marie wollte ans Fenster, ihr Unglück herunterrufen. Aber plötzlich schüttelte sie den Kopf. Es war eine Schande, daß Jans, ihr schönes glänzendes Kind, krank war, es war eine Schande, Fremden zu zeigen, daß ihr Glück Flecke und Sprünge bekommen hatte. Da war es schon besser, seine Schande allein zu tragen, und sie nahm Jans' kleine zerschmilzende Hand in die ihre.

Es klopfte. Marie erschrak. Aber nur der Arzt trat ein – wo hatte ihn Jansen aufgetrieben? –, ein kleiner Mann mit zerzaustem Bart und fleckigem Anzug, da war er schon den ganzen heißen Morgen die Treppen der Vorstadt herauf- und heruntergelaufen. Marie sah ihm mit steigender Angst zu, obgleich er nichts andres tat als sich die Hände waschen und die Brille putzen, er war ja selbst ein geplagter verschwitzter Mensch. Wie er aber Jans befühlte und behorchte und mit kühlen Fingern bestrich, war es Jans, als ob man ihn langsam aus einem tiefen dunklen Wasser herauszöge, und ganz von weitem sah er zwei winzige helle Pünktchen – die runden Brillengläser des Arztes, in denen sich die Sonne fing. Er fühlte sich unbeschreiblich wohl und hatte Lust zu lachen – es war der Bart, der ihn kitzelte –, und er kicherte leise und tauchte wieder ins Wasser. Marie war bei dem Kichern ganz bleich geworden. Der Arzt stand auf. »Man muß abwarten«, sagte er, »man muß die Fenster verdunkeln und Aufschläge machen. Mehr kann man nicht machen.«

Am Abend tappte Jansen in das dunkle Zimmer. Er setzte sich an seinen gewöhnlichen Platz, heute war nichts gedeckt und gekocht, er war todmüde und hungrig, er stützte den Kopf in die Hände, und allmählich wurde die Dunkelheit, die ihn so gut versteckt hatte, durchsichtig. Er erkannte Marie zusammengekrümmt an Jans' Bett. Der Wecker rasselte, im Flur wurde eine Tür zugeschlagen, jemand rannte lachend die Treppe herunter, Marie erhob sich, um Wasser zu holen. Inzwischen trat Jansen an Jans' Bett. Marie kam zurück, den Krug in der einen, ein Licht in der andren Hand, und mit einem bösen Blick verwies sie Jansen an seinen Platz am Tisch zurück. Aber Jansen zuckte nur geringschätzig mit den Schultern, er blieb, wo er war. Er versuchte Jans' Gesicht anzusehen, zuerst zog sich sein ganzer Körper vor Entsetzen zusammen, aber er biß sich auf die Lippen und zwang sich, das Gesicht zu betrachten, das kleine alte, verschrumpfte Gesicht, mit offenem Mund und offenen Augen, das sieben Jahre lang in Weinen und Lachen, in Zorn und Lust und manchmal sogar in Grausamkeit gezuckt hatte, aber immer in Leben und allen Möglichkeiten des Lebendigen, und jetzt ein Spott und Hohn, ein abgestorbenes Greisengesichtchen war. Die Uhr rasselte, und Jansen, der plötzlich heftig und unternehmend war, ging hin, stellte sie ab und ging wieder an seinen Platz. Aber jetzt war es so still, daß es niemand ertragen konnte. »Jans muß sterben«, sagte Marie leise vor sich hin. Jansen fuhr zusammen, was sie da sagte, hatte er ja seit vorgestern gewußt, vom ersten Augenblick an, aber wie konnte sie so schamlos sein, es auszusprechen? Sie sahen sich an, und sogar in Jansens Zügen bebte etwas wie Haß – wie wenn zwei Feinde in der gleichen Zelle eines Zuchthauses gebändigt werden. Jansen ballte die Hand. Er hätte vielleicht geschlagen, wenn nicht gerade Jans einen seiner wunderlichen Atemzüge ausgestoßen hätte oder vielmehr ein langes dünnes Pfeifen. Dann war es wieder still. Gegen Morgen zuckte Jans' kleiner steifer Körper zusammen, und Jansen sah eine große, glitzernde, sonderbar und beinah lächerlich anzusehende Schaumblase aus dem Mund seines Kindes, seines ehemaligen Sohnes aufsteigen. – Da stürzte Jansen aus dem Zimmer. Er glaubte nicht mehr an das, was er sah, es war ein unsinniger Traum, er brauchte sich das nicht gefallen zu lassen, er rannte aus dem Hause, kreuz und quer durch die Gassen, und stieß da und dort an. An einem Bäckerladen wurden die Läden hochgezogen, er sprang herein, kaufte ein Brot, biß schon im Laden die Spitze ab, und bis zur nächsten Ecke hatte er es ganz verschlungen. Wie aber sein Magen voll und sein Hunger vorbei war, blieb er stehen, und sein Gesicht überzog sich mit brennender Scham, weil er an einem solchen Morgen Hunger gespürt und etwas gegessen hatte.

In der Fabrik arbeitete er stumm und schnell, wie er aber wieder auf der Straße war, da schaukelte und torkelte er, lief ein paarmal an seiner Haustür vorüber und machte schließlich ganz kehrt – er konnte sich nicht entschließen, in das schreckliche dunkle Zimmer heraufzugehn und eine solche Wirklichkeit anzuerkennen. An einer Ecke gab es eine Schenke, dieselbe, in die er damals gelaufen war, als Marie im ersten Jahr ihrer Ehe angefangen hatte, schlecht und hart zu werden. Er setzte sich und versuchte, sich Jans' Gesicht vorzustellen, wie es vor der Krankheit gewesen war, wie es vor drei Tagen noch gefunkelt hatte, doch er konnte sich nicht mehr erinnern, wie sehr er sich abquälte. Er vermochte es kaum zu erwarten, bis man das Glas vor ihn hingestellt hatte, er hoffte irgendwie, es könnte ihm zu seiner Hoffnung verhelfen. Droben wurde er nicht vermißt. So lange sich Jans zusammenkrampfte, solange stand die Zeit still, und sie bekam einen Stoß, wenn er zuckte. Es wurde wieder Tag, und Marie schien es, als ob Jans eben erst die Tür hinter sich geschlossen hätte. Sie nahm ihren Krug und ging nach frischem Wasser. Jans regte sich unter der Decke. Auf einmal wurde sein Bett wieder herumgewirbelt, er zog die Beine ein, verbiß sich in einen Zipfel des Kissens und hing sich an das Bettzeug, um nicht herauszufallen. Aber das Wirbeln ließ nach, das Bett fing an, in ruhigeren, breiten Schwüngen hin und her zu wiegen, und stand endlich ganz still. Jans blinzelte; die Vorhänge waren zugezogen, aber kleine Sonnenflecke lagen zersprenkelt auf der Hand, auf dem Fußboden und hüpften in goldenen Sternchen um Jans' Bett. Und drunten auf dem Hof gab es Getrippel und Lachen, und Kinder – eine Mädchenstimme war darunter – klatschten in die Hände zu ihrem Singsang:

»Ich und du,
Müllers Kuh,
Müllers Esel,
Der bist du!«

Jans blinzelte noch mehr, er reckte den Hals vor Neugier und richtete sich auf. In diesem Augenblick trat seine Mutter ein. Sie stockte und kam am ganzen Körper zitternd näher. Sie fragte ihn mit fremder, bebender Stimme, ob er etwas trinken wolle, wobei sie ihm die Hand aufs Haar legte, und Jans nickte in seiner alten mürrischen Art, die er anzunehmen pflegte, wenn man zärtlich mit ihm war. Marie brachte eine Tasse Milch – ihr Gesicht wurde immer bleicher –, und Jans trank alles aus. Darauf war er müde, das Bett zitterte wieder, aber er hörte seines Vaters Schritte auf der Treppe und richtete sich noch einmal auf. Jansen zog sich mit schweren verwickelten Beinen das Geländer herauf. Er hatte gar keinen Gedanken, nur Angst, Angst, aber wie auch sein Herz klopfte – er konnte sich nicht mehr besinnen auf was. Er versuchte umsonst, seine mit jedem Schritt wachsende Feigheit zu bezwingen.

Seine Hand hüpfte um die gelbe Türklinke herum, und er klappte sie zehnmal auf und nieder, bis er dann die Tür aufriß.

Jans saß aufrecht in seinem Bettchen mit rotem, pfiffigem Gesicht. Da starrte ihn Jansen an, seine Mundwinkel verzogen sich zu einem verwirrten Lächeln, ja sogar noch über das Lächeln heraus in ein bitterliches Weinen. Marie machte sich auf einmal schnell in einer Ecke mit dem Geschirr zu schaffen, und sie drehte sich erst um, als Jansen fertig war. Aber der kleine Jans, dessen Kopf zurückfiel, betrachtete unbekümmert das Gesicht seines Vaters mit Neugierde und sogar ein bißchen Widerwille.

Am späten Abend trat Jansen ans Fenster. Er sah hinauf nach dem hohen dunstigen Himmel, er sah herunter in den Hof, wo gerade ein weißes Kätzchen von Ecke zu Ecke huschte. Er sah über die Mauern der Nachbarhäuser, die nach dem engen gemeinsamen Hof unbekümmert ihr Inneres entblößten, ihre schmutzigen, verwahrlosten Küchen und Stuben voll Weinenden und Lachenden und Schlafenden und Essenden und Betrunkenen. Und wer wollte, konnte von dort drüben in Jansens Stube sehen, sein weißes feuchtes Gesicht über den Geranientöpfen. Aber was machte es, wenn Tag für

Tag der gleiche faule Geruch aus den Abfalleimern da unten kam – sein Sohn lebte, was machte es, wenn da drüben in den Abend ein Kind weinte, wie nur zerschlagene, wehrlose Kinder in der Dämmerung weinen – sein Sohn lebte, was machte es, wenn sich gegenüber zwei Weiber in einem frechen gemeinen Gelächter krümmten – sein Kind lebte. Die Menschen, die da drüben mürrisch ihre letzten Bissen zerkauten und sich erschöpft auf ihre schmierigen Betten warfen, sie wußten noch nicht, daß sein Kind am Leben geblieben war.

Vor drei Tagen war Jansen erst von seinem Berg abgestürzt und hatte mit zerschellten Gliedern drunten gelegen. Aber so verlockend war der Gipfel, daß schon ein kleiner Wink genügte, um ihn ohne Zögern seine zerschundenen Glieder zusammenraffen und von neuem heraufsteigen zu lassen. –

Am folgenden Feierabend machte Jansen einen Umweg in die Stadt. Er verschaffte sich noch Einlaß in einen Laden, der schon für den Sonntag aufgeräumt wurde. Er hatte seinen Wochenlohn bei sich, und er wählte die verwickeltsten und beweglichsten Spielsachen. Er nahm vorsichtig das große bucklige Paket aus Seidenpapier in Empfang und trug es abgespreizt nach Hause. Er kam aufgeregt in den Flur und machte die Tür auf. Da war das Zimmer dunkel, und ein süßlich dumpfer Geruch kam ihm entgegen. Und aus der Ecke aus dem Bett stieg ein dünnes Wimmern, ein langgezogenes Iiiiih, das sogar einem Kichern ähnlich klang. Jansen tappte nach dem Tisch und legte das Paket mit den Spielsachen darauf.

Der Sommer ging weiter um zwei, drei überflüssige, ungezählte Tage, heiß und drückend wie jene, in denen Jans geboren worden war. Aber niemand hielt sich mehr in dem Zimmer mit Schelten und Fluchen auf. Jansen war ein friedlicher Mensch. Gewiß, es war noch nicht lange her, da waren ihm aus übergroßer Freude oder übergroßem Schmerz ein paar Absonderlichkeiten entschlüpft. Aber jetzt schlich er friedlich herum. Die paar Absonderlichkeiten, die ihm gewährt waren, er hatte sie längst verbraucht. Wäre es nach ihm gegangen, er hätte sich nicht einmal diese Strähne weißen Haares zugelegt, die so wunderlich zu seinem Jungengesicht aussah und die ihm gerade in diesen so gleichmäßigen und ereignislosen Sommertagen aufgedrungen worden war. Und Marie, da hockte sie auf Jans' Bett, die Augen leergebrannt von Nachtwachen, und wenn sie einmal eingeschlummert war und von Jans' hellem scharfem Wimmern aufgeschreckt wurde, so stöhnte sie wie die Gefangenen, die zu der Strafe der Schlaflosigkeit verurteilt sind. – Manchmal fragte ein Nachbar auf dem Flur oder ein Gefährte bei der Arbeit: »Nu, Jansen, dein Jans ist krank?« – »Ja, er ist krank«, erwiderte Jansen. – »Er wird schon durchkommen«, sagte der andere. – »Nein«, erwiderte Jansen, »ich glaube nicht, daß er durchkommt.«

Wenn abends Jansen nach Hause kam, so stieg nach der Leere des Tages eine Unruhe in ihm auf, eine unbestimmte Erwartung, er möchte hinter der Tür das Letzte antreffen und es wäre ihnen endlich gewährt, sich dem schrecklichsten endgültigen Schmerz hinzugeben. Aber das Zimmer war immer noch dunkel, und der süßliche Geruch war immer noch da, und Jans lag mit eingezogenen Beinen und offenem Mund und runden Augäpfeln, wie ein uralter verschrumpfter Zwerggreis, wie ein böser kleiner Zauberer, mit seinen dürren Fingern unverständliche Zeichen in die Luft malend und rätselhafte dünne Klagelaute pfeifend.

Und Jansen setzte sich an den Tisch und aß sein Nachtessen und zog sich aus und schlief seinen Schlaf.

Da weckte ihn eines Nachts Marie: »Steh auf, Martin, er stirbt!«

Jansen sprang auf die Füße. In seinem Kopf war es bei diesem Ruf auf einmal so hell wie damals, als Jans unvermutet lächelnd und aufrecht in seinem Kissen gesessen hatte, und jener Fleck mitten in ihm, der brach und öd gelegen hatte, fing bei diesem Ruf an um sich zu schlagen und zu stechen, daß er aufschrie. Er packte das Bett an, und Marie verwehrte ihm den Platz nicht. Aus Jans' Mund kam ein Blutfaden über sein Hemdchen und seine Decke gerieselt, aber Jansen konnte mit seinen flimmernden Augen gar nicht sehn, was in dem Bett vorging. Er bohrte nur sein Kinn in den Pfosten herein und preßte seine Knie in das Holz, als ob in diesem Augenblick das Bett der Feind sei, auf den es ankäme und den man bedrohen und bestechen müßte. Aber das Holz blieb hart und geduldig, und Jansen war erschöpft, und seine Hand, die sich gegen das Bett wund getrommelt hatte, streckte sich aus und berührte Jans' Haar und blieb darin hängen. Und auch Marie wollte noch etwas von diesem Haar haben, das sich noch warm und lebendig anfühlte. Ihre Fingerspitzen stießen aneinander, sie sahen sich an, und jedes stutzte bei dem sonderbaren Anblick des andren. Ihre Blicke wurden fester, und in dem Grund ihrer Augen schimmerte etwas Neues. Zwar war es nicht die Liebe, aber etwas, so ähnlich der Liebe, daß selbst Weisere als sie es hätten nicht unterscheiden können. Sie drängten sich ineinander, er strich ihre armen abgemagerten betrogenen Arme herauf und herunter, und seine Liebkosungen, die mit wehem Trost begonnen hatten, wurden zu einem närrischen Wenn-schon Denn-schon.

Am nächsten Tag wurde das fleckige Bettzeug abgezogen, und Jans bekam eine frische Decke, ein frisches Leintuch und ein frisches Hemdchen. Aber wenn er auch jetzt reinlich und feierlich dalag, so zuckte er doch noch manchmal etwas, und abends schluckste er sogar, wobei auf das frische Kissen ein paar Blutströpfchen spritzten. Da legte Marie ihren Kopf in Jansens Schoß, als ob das die einzige Bewegung sei, die ihr zu tun übrigbliebe, und der einzige Ort einer ewigen und unversiegbaren Zuflucht.

Jans hatte das Summen selbst gehört, er behielt ein leises Summen im Ohr. Gestern abend, wie das Blut aus seiner Kehle gekommen war, hatte er sich auf einmal so frei und leicht gefühlt, und er hatte gewünscht, daß es gar nicht aufhören möchte. Es war alles so frei und großartig, wie draußen auf dem Brückengeländer über dem strömenden Wasser, er gab sich einen kleinen Ruck und stieg in die Luft, er spreizte die Arme und stieß sich mit einem Fuß in die Luft ab. Er flog über den Tisch, aber seine Eltern, die immer so viel Wesens aus ihm gemacht hatten, erstaunten sich gar nicht, sie, die ihm immer mit begierigen Blicken gefolgt hatten, sahen in dieser ungeheuren Minute gar nicht auf, und die Minute war schnell zu Ende, und er wurde wieder schwer und fiel in sein Bett. Er öffnete die Lippen und sagte »Durst«, und seine Eltern fuhren auseinander und stützten abwechselnd seinen Kopf, während sie ihm Milch eingossen. Keines von ihnen war erbleicht, wie er ein Wort gesagt hatte, keines hatte mehr die Kraft, sich zu einer neuen Hoffnung zu rüsten. Wenn Jans sich regte, knüpften sie hastig ihre verschlungenen Finger auf, und es kam jetzt manchmal sogar am Tage vor, daß sie mit aneinandergelehnten Köpfen dasaßen.

Jans war also kein jäher schneidender Tod bestimmt, er sollte langsam mit dem Herbst absterben. Das sagte auch der Arzt, der noch einmal gekommen war, und er sagte auch, daß es keinen Sinn hätte, ihn immerzu in der dunklen Ecke im Hof zu lassen, daß man ihn ruhig zuweilen in den Lehnstuhl ans Fenster legen dürfte. So wurde Jans mitsamt seinen Kissen und Decken in den Lehnstuhl gepackt, um auch noch seinen Teil am Sonnenschein zu haben, der sich schon blasser und genügsamer über das Hofpflaster legte. –

Eigentlich machte sich Jans gar nichts aus dem Lehnstuhl. In der dunklen Ecke, da war er geborgen, da war seine Heimat, nicht in dem großen hellen Zimmer der Erwachsenen. Was den Sonnenschein anbelangte, so tat er seinen Augen weh, und die Spiele der Kinder, die da drunten im Hof vor sich gingen, entlockten ihm nicht im geringsten Neid oder Bewunderung. Er freute sich, wenn seine Mutter erst am Mittag dazu kam, ihn umzubetten, wenn er auch nichts andres tat als auf dem Rücken liegen und die Tapetenmuster zählen, die dummen, abgeblaßten Streifen und Girlanden.

Freilich, sobald er die Schritte seines Vaters auf der Treppe hörte, verfärbte sich sein kleines, blaß und faltig gewordenes Gesicht. Er wartete, ja, auf was wartete Jans? Sein Vater trat ja immer gleich an seinen Sessel heran, fuhr ihm übers Haar, faßte ihn unters Kinn, was er früher nur heimlich und schamhaft getan hatte; Jans aber wartete, er wußte nicht, worauf, und wie hätte er es wissen sollen? Und sein Vater wandt sich ab und drückte seinen Kopf neben Mariens Kopf über den Tisch, auf dem sie mit unbestimmtem verliebtem Lächeln kleine weiße Lappen vor ihm ausbreitete, und er wühlte mit seinen Fingern darin herum, leise erregt von frischer Erwartung, die ihre ersten Fußstapfen auf dem zersprungenen Tisch da vor ihm eingetreten hatte.

Diesmal fühlte sich Marie nicht gedemütigt und erdrückt von ihrem schweren Körper, und Jansen hatte keinen Anlaß, in die Schenke an der Ecke zu laufen. Sieben Jahre waren vergangen, das achte stand vor der Tür, und sie benahmen sich genau wie Menschen, die sieben Jahre älter geworden sind. Damals hatte es einmal so geschienen, als ob die vier Wände sich erstickend eng um sie legen würden, und während der sieben Jahre hatten sie Zeit gehabt, sich zu erweitern und wieder zusammenzuziehn und wieder zu erweitern. Und schließlich blieben sie stehen, nicht so verschwenderisch Platz lassend, daß man große Luftsprünge machen, aber doch daß man atmen konnte. Geduldig und still arbeiteten beide den Winter hindurch, wie man arbeitet, wenn eine kleine Freude bevorsteht, nicht das unsinnige Glück, das man zum Schluß doch nicht ertragen kann, sondern eine schlichte dem Raum angepaßte Freude.

Da war auch noch immer Jans, der hatte ja früher die Kammer mit seinem Sonnenglanz erfüllt, und jetzt war er ein armseliges Fünkchen, das seine Mutter in einer Hand tragen konnte. Manchmal sah sie von ihrer Näharbeit zu ihm herüber mit traurigen, älter und schwerer gewordenen Augen, und dann verschränkte sie angstvoll die Arme über ihren Leib, wo das Ihre noch so wohlverwahrt lag. Seit die abgeblühten Stöcke vom Fenster entfernt waren, saß Jans noch weniger gern dort. Stumm und zusammengesunken, mit vorgestreckter Unterlippe hockte er in seinen Kissen. Nur einmal, als drunten im Hof Jungen einen Drachen steigen ließen, bebte seine weißspitzige Nase, und seine Augen glitzerten. Als aber dieselben Knaben ins Zimmer gerufen wurden, drückten sie sich verlegen aneinander, und Jans saß in seinem Sessel, stumm und ernsthaft, ein kleiner Greis, und sie wußten nichts miteinander anzufangen.

Warum ließen sie ihn nicht im Bett? Was hatten sie davon, wenn sie ihn ans Fenster brachten? Drinnen im Bett brauchte er nur die Augen zu schließen, und er sah die Brücke und den Fluß, blau und grün, Wolken und Sonne, und noch ganz andre Dinge. Aber hier mußte er immerfort den grauen stickigen Hof anstarren, und aus den Fenstern warfen manchmal die Leute sonderbare Blicke zu ihm herüber. Aber er beklagte sich nicht. Er sprach ja überhaupt fast nichts. Wenn er etwas sagte, waren seine Eltern ganz verwirrt und beinah erschrocken, da war es schon besser, nichts zu sagen.

Es kam auch etwas andres. Eines Mittags nämlich wehten aus der schweren trüben Luft, leicht und heiter, ein paar Flocken herunter, und gleich dahinter kamen noch andre, satt und schwer zuerst und gegen Mittag glitzernd und rieselnd. Jans drückte sein Gesicht an die Scheibe, von jetzt ab hatte er täglich 10000 Gefährten, diese kleinen Tänzer von irgendwoher, da tanzten sie auf Höfen und Fensterbrettern nach einer Musik, die niemand hörte. Das war so ein Tanz, daß Jans vom Zusehen außer Atem kam, und wenn er sich nach der Stube umdrehen mußte, so konnte er seine flimmernden Augen gar nicht umgewöhnen an Tisch und Lampe und seine Eltern, die schweren Klötze.

Es kam der Weihnachtstag, und Marie ließ ihn bis zum Abend im Bett liegen. Sie stellte den Tannenbaum in eine Scherbe und klemmte die Kerzen ein. Jans hätte ganz gut allein aus dem Bett kriechen können, er hatte sich schon öfters in der letzten Zeit, wenn seine Mutter das Kissen aufschütteln wollte, allein auf den Füßen gehalten. Aber so war es besser. Am vorigen Tag hatte Marie mit gesenktem Kopf ihren Mann gefragt: »Was schenken wir Jans?« Jansen hatte lange geschwiegen und plötzlich gesagt: »Ich habe etwas!«, und er hatte aus seiner Schublade ein Paket hervorgekramt. Er knüpfte den Bindfaden auf und wollte das Papier auseinanderschlagen, aber wie dieses weiße Seidenpapier, dessen feierliches ungewohntes Knistern ihm damals im Laden aufgefallen war, auch jetzt zu knistern anfing, schlug er schnell die Zipfel übereinander und knüpfte es wieder zu. Nein, viel Geld war nicht mehr übrig, da war die Miete gewesen und das Holz und das Weihnachtsgeschenk für Marie, aber es reichte noch, um ein Pferdchen zu kaufen oder einen Ball und einen Lebkuchen, und er lief schnell weg.

Am Abend saßen sie alle um den Tisch. Die kleinen Kerzen auf dem zerzausten Bäumchen zuckten und zwinkerten – Marie in ihrem schwarzen Kleid, das straff über dem Leib saß, mit den mageren Schultern einer Konfirmandin, Jansen in einem sonderbaren Kragen und Jans in seinen Kissen, still und winzig. Da sollten sie also warten, bis der Baum heruntergebrannt war, da war ihnen eine solche Pause gewährt, ein Inselchen in der Zeit, sie saßen ja von morgens bis abends über die Arbeit gebückt, und irgendein Glück, das sie sonst nur still und heimlich versuchen konnten, über das sollten sie sich jetzt in dieser Pause satt lächeln dürfen, oder irgendein Leid, das für die gewöhnlichen plumpen Tage nicht taugte, konnten sie in dieser Feierstunde ungestört ausweinen. Aber sie saßen und versuchten umsonst, ihren müden Herzen etwas Feierliches zu entwinden. Und alle – Martin, der mit hängender Lippe in die Luft träumte, und Marie, die unablässig die Fransen ihres neuen Tuches glättete, und sogar Jans, der mit mageren kranken Händchen an seinem Spielzeug herumgegriffen und es schließlich müde und hilflos liegengelassen hatte – wünschten, daß die Pause zu Ende gehn und die schlechte gewöhnliche Zeit wieder anfangen sollte und sie von ihrer traurigen Beklommenheit erlösen möchte. Aber der Baum brannte fort. Er war in der Welt, um zu brennen, und er nahm sich Zeit dazu und brannte, bis die Spitzen seiner Zweige versengt waren und Wachstropfen auf das Tischtuch fielen.

Je tiefer es in den Winter ging – auf den Schnee waren trübe feuchte Tage gefolgt, mit Nebel bis vor die Fensterscheiben –, desto mehr schrumpfte Jans zusammen. Die Ärmel der Wolljacke vom vorigen Winter schlotterten um seine Handgelenke herum. Vielleicht hätte Jans, der in seinem Sessel wie ein Pünktchen verschwand, das ganze Zimmer mit seinem Geschwatz und Getrippel füllen können, wenn nur einmal jemand in die Hände geklatscht und »Auf Jans!« gerufen hätte. Aber durch die Tür von Jansens Stube kamen keine solche Händeklatscher und Auf-Rufer. Im Gegenteil, wer da hereinkam, sah Jans immer von der Seite, auf eine heimliche und beinah falsche und genauso absonderliche Art an wie die Leute von der andren Hofseite, und Jans zog sich noch mehr zusammen.

Eines Tages wurde Jans' Sessel in die Stube nebenan zu Nachbarn gebracht, und er darin, als ob er nur irgendein Knopf an diesem Stuhl wäre. Eine knappe Woche blieb er in der fremden überfüllten Stube. Und obgleich die Nachbarsfrau lustig, beinah zu lustig, und der Mann ein Witzbold und die Kinder wild und alle zusammen eine an Gelächter und Streit und Ereignissen reiche Familie waren – solange Jans bei ihnen war, blieb ihre Lustigkeit einen Ton stiller. Nicht als ob er ein kleiner Junge, sondern ein geheimnisvoller ehrwürdiger Gast wäre, in dessen Gegenwart es nicht anging zu reden und zu spielen wie gewöhnlich, hörte Lachen und Schreien während seiner Anwesenheit auf. Und alle waren erleichtert, als er wieder herübergeholt wurde.

Am Fenster in der Wiege lag das Kind. Es war ein Mädchen, es hieß Anna, und das Zimmer schrillte von seinem Stimmchen und flatterte von seinen Wäschestücken. Es lag in der Wiege, die vor acht Jahren Jans besetzt hatte, sie war neu gestrichen und ihre Vorhänge neu gestärkt. Die seidnen Bänder, die damals die Vorhänge zusammengehalten hatten, waren diesmal fortgelassen. Aber das konnte Jans nicht wissen, und jetzt stand die Wiege am sonnigsten Fleck, am Fenster, und für Jans' Sessel war ein andrer Fleck bestimmt, zwischen Bettende und Tür. Aber Jans gab ihn lieber ganz auf.

Wenn schon nicht am alten Platz, dann gar keinen. Er konnte ja jetzt schon ganz gut auf seinen eignen Füßen stehen und, wenn es sein mußte, obgleich die Schultern noch ein wenig zogen, aufrecht auf einem ganz gewöhnlichen Stuhl ohne Lehne sitzen.

Und er sah mit aufgerissenen Augen zu seiner Mutter herüber, die ihr Kleid öffnete und die Brust für das Kind frei machte. Jans sah ganz gut, ihr gewöhnlich blasses und ruhiges Gesicht änderte sich dabei. Freilich, sie lächelte nur eben, wie man beim Anziehen eines Schmuckes lächelt, während sie vor acht Jahren gelächelt hatte, als ob sie ihr eignes Herz, das sich aus einem unsinnigen Grund außerhalb ihres Körpers befunden hatte, wieder ihrer nackten Brust einfügen dürfte. Aber wie hätte Jans das wissen dürfen? Er fühlte einen Stich, wenn seine Mutter ihr Kleid öffnete, und einen zweiten Stich, wenn sie das Kind an sich nahm. Dann drückte er sich an die Wand oder sogar zur Tür hinaus auf den Flur, wo er in letzter Zeit öfters auf dem obersten Treppenabsatz zu sitzen pflegte. Wenn aber sein Vater nach Hause kam, dann verfolgte er ihn mit den Blicken, wenn er an die Wiege trat und den Vorhang hochhob. Vor acht Jahren, da hatten Jansens Augen, auf denselben Punkt geheftet, einen finsteren heftigen Ausdruck bekommen. Jetzt wurde seine Miene nur gutmütig und fast belustigt. Aber Jans starrte ihn mit verbissener Aufmerksamkeit an.

Und auch bei den Mahlzeiten, wo er jetzt wieder zwischen den Eltern saß, tief über den Teller gebückt, schaute er von der Seite nach seinem Vater mit schnellen kurzen Blicken. Und Jansen, auch er streifte seinen Knaben auf die gleiche wunderliche Art, um dann, wenn Jans hastig erwartungsvoll den Kopf nach ihm drehte, schnell in seinem Essen zu stochern.

Was war nur mit Jansen? Sah er sie denn nicht, diese stummen kurzen Blicke aus den Augenwinkeln? war er älter geworden, wie alle gewöhnlichen einfältigen Menschen älter werden, ein müder schlechter Mensch, bei dem es gerade zu einem Blinkfeuerchen gereicht hatte, nicht böse, aber müde und gleichgültig? Ach nein, so einer war Jansen nicht. Er war kein Schwärmer, kein Blinkfeuerfänger; wollte Gott, es gäbe mehr seiner Art. Er hatte sie nicht vergessen, seine einzige Hoffnung, seinen einzigen Besitz. Wie hätte er je aufhören können, daran zu denken? Ach, jenen kleinen Jans, um den er gezittert hatte und um den er verzweifelt war und den er schließlich eines Nachts aufgegeben hatte und längst hinauf auf den Vorstadtfriedhof hatte ziehen lassen – den schrecklichen endgültigen Stein auf dem Grab –, den liebte er mit der ganzen heiligen Kraft, mit der man Verlorenes liebt, und was da noch bei ihm in seiner Stube war, neben ihm an seinem Tisch, das konnte er nur mit matten Händen streicheln, eine Spur des Verlorenen, die der nächste Windhauch verwehen würde, ein Ding, das an etwas Teures erinnert. – Und wie sehr sie es auch vermieden – es kam doch vor, daß ihre Blicke einander begegneten, und dann hakten sich ihre Augenpaare, die nur darauf gelauert hatten, ihrem großen und ihrem kleinen Herrn zu entschlüpfen, ineinander fest in dem gleichen Gram und dem gleichen Vorwurf.

Freilich nach einiger Zeit hatten sich ihre Blicke schon daran gewöhnt, nicht mehr so ungeschickt aneinanderzustoßen. Jans schob sich immer öfters auf den Flur, er zog von einem Treppenabsatz auf den andren, die Gasse hatte wieder angefangen ihn zu locken mit ihrem Schutt, ihrem Lärm, ihren Pfützen. Er sah ein Stück durch den Türrahmen, sehnsüchtig und furchtsam. Was hatte es auch für einen Zweck, da droben zu warten und zu warten und mit soviel Aufmerksamkeit eine Sache zu verfolgen, von der er ja wußte, wie sie war und wie ihr Ausgang war. Er wußte endgültig, daß sein Vater bestimmt zuerst an die Wiege trat und die Decke zurückschlug und die kleine Anna herausnahm. Gewiß war es im tiefsten Herzen auch Jansen lieber, nicht mehr aus der Ecke die Augen auf sich gerichtet zu fühlen und sorglos und unbehelligt das Kleine an sich zu drücken. – Marie war diesmal gar nicht eifersüchtig, sie nickte ihm sogar aufmunternd zu und brachte das Kind auf seinem Arm in eine bequeme Stellung. In Jans' Gegenwart hätte er sich zum Beispiel geschämt, die Backen aufzublasen und allerlei Geräusche mit seinen Lippen zu machen, und er hätte ganz bestimmt nicht mit geschlossenen Augen so ausgiebig sein Gesicht an Annas Köpfchen drücken können, wobei er jene leise sein Herz aufwärmende Zärtlichkeit spürte, nach der er sich sogar während der Arbeit sehnte und die einzig und allein an diesem runden flaumigen Ding zu finden war.

Nein, Jans suchte nicht mehr den Blick seines Vaters aufzufangen. Im Gegenteil, er tat alles, um ihm auszuweichen. Eines Tages war er wirklich vor dem Hause gelandet. Da stand er auf einmal, den festen

Boden unter sich und die freie Luft um sich, und alles, was er schon längst vergessen hatte, das erkannte er jetzt wieder, und je besser er es wiedererkannte, desto mehr wuchs seine Verlegenheit. Er hätte sich vor Scham verkriechen mögen vor dieser Gasse, vor diesem Laternenpfahl, an dem er heraufgeklettert war, vor dem immer noch an der gleichen Stelle aufgeschütteten Sandhaufen, den Plakaten an der Bretterwand, dem gerissenen Pflaster, wo aus dem wohlbekannten Riß ein dünner Wasserfaden hervorquoll und, sich verbreiternd, die Trottoirkante entlangfloß. Aber alle diese Dinge behielten ihre festen klaren Umrisse und wurden keineswegs durch Jans' plötzliches Erscheinen in Verwirrung gebracht. Und Jans nahm sich zusammen, er ging ein Stück weiter, obgleich ihn ein klägliches Gefühl von Schwindel und Verlassenheit überkam in dieser verschwenderisch weiten offnen Welt. Er stolperte bis zur nächsten Ecke, da erblickte er in der andren Gasse einen Haufen Jungen, die um einen Ball stritten, und er schämte sich so sehr, daß er stehenblieb, an die Mauer gelehnt, ganz starr vor Scham. Der Ball flog weiter, und die Jungen verlegten ihr Spiel gerade an die Ecke. Aber sie schenkten Jans so wenig Beachtung, als ob er gestern zum letzten Mal heruntergekommen wäre, und sie streiften ihn und warfen ihn beinah um, ohne sich nur im geringsten über seine Gegenwart aufzuhalten. Aus einem Haus kam ein kleiner Barfüßiger, Rothaariger, mit den blauen Augen, wie sie manche Rothaarige haben, schmierig und zerschunden, aber ein Teufelchen, das durch alle Luken kriechen konnte. Im vorigen Jahr war er Jans' Freund gewesen. Er erblickte ihn, sah ihn von oben bis unten an, wobei auch in sein spitzes lachendes Gesicht ein Zug von Verlegenheit kam, drehte sich schnell auf dem Absatz und schrie: »Jans mit den roten Hosen! Mit den roten Hosen!« – es war gut, mit diesem lauten Schreien aus aller Verlegenheit herauszukommen. Ein paar Jungen drehten sich um, schrien gleichfalls, schnitten Gesichter und rannten weiter. Jans stand noch eine Weile da, bis er umkehrte. Er war zusammengeschrumpft. Er war jetzt wirklich fast nichts mehr als dieses Stück rotes Zeug, das keinem Menschen aufgefallen war, wie sich seine Glieder noch fest und braun darin gedehnt hatten. Aber die Jungen hatten recht, jetzt schauten sie wirklich lächerlich aus, diese grellen prahlerischen Dinger, und Jans stolperte verzagt heim. Die Gasse fing an sich langsam um ihn zu drehen und mit jenem leisen

Schwanken zu beginnen, das Jans beunruhigte und doch wieder anheimelte. Aber am nächsten Tag kehrte er doch zurück und auch am folgenden. Die Häuser waren bereits nicht mehr so hoch, seine Verlegenheit war auch geringer, er ging von selbst ganz dicht an die Spiele der Knaben heran. Immer, wenn er die Treppen herunterlief, dem Geschrei an der Ecke entgegen, träumte er das gleiche. Er träumte, daß er den Ball ergreifen und einen scharfen, nie dagewesenen, weit über das Ziel herausreichenden Wurf tun würde. Aber wenn es ihm endlich gelang, sich in den Knäuel der Spielenden hereinzudrücken und den Ball zu bekommen, so zuckte seine Hand so sehr in diesem wilden Traum, daß sie den Ball viel zu eilig und nur ein paar Schrittchen vor seine Füße warf, worauf er von den übrigen unter verächtlichen Pfiffen an die Wand gedrängt wurde. Und Jans setzte sich auf die Trottoirkante und sah mit geneigtem Kopf zu. Mochten sie nach ihm pfeifen und Nasen schneiden – es war immerhin viel leichter dazusitzen, die Daumen ineinanderzudrehen und die Scham herunterzuschlukken, als sich um diesen Ball zu quälen und ganz umsonst zu ungeheuren Würfen auszuholen. Einmal kam seine Mutter vorbei, sah ihn da abseits sitzen, und ihr Herz zog sich zusammen, und sie bückte sich, um ihn zu liebkosen. Aber Jans fuhr zurück und sah sie aus seinem winzigen bösen alten Gesicht nicht nur mit Ärger, sondern mit Widerwillen und Haß an. Und Marie erschrak, ja sie fürchtete sich. – Sie zeigte ihn auch dem Arzt, der eines Morgens, verschwitzt und hastig, zufällig durch dieselbe Gasse laufen mußte, und während sich Jans mißtrauisch den Kopf zerbrach, wo er das zerzauste Bärtchen und die Brillenaugen schon einmal gesehen hatte, meinte dieser, man sollte versuchen, Jans wieder in die Schule zu schicken, wo er sich vielleicht ein bißchen regen und aufwachen müßte.

Also bekam Jans seinen Ranzen auf, dessen Riemen ihn störten, und zog in den staubigen nur mit ein paar Platanen bepflanzten Schulhof ein, wo die Knaben herumlungerten und ihn zuerst mit Flüstern und Anstoßen empfingen und sich bald an ihn gewöhnten und ihn in seiner Ecke vergaßen, wo er sehr langsam an seinem Brot nagte, um möglichst die ganze Pause etwas zu tun zu haben. Er liebte nämlich die Pausen nicht. Obgleich er unter viel jüngeren Knaben saß, fühlte er sich am wohlsten, wenn er in seiner Bank geborgen war. Sehr tief darin vergraben, lächelte er mit trüben Augen vor sich hin, und seltsamerweise wurde sein Lächeln nur noch stärker, wenn der Lehrer ihn aufrief und er eine Minute dastand, ohne ein Wort zu erwidern. Wenn es schellte, pflegte er sich erst zuletzt und widerwillig aus der Bank zu schieben und in den Gängen und Ecken aufzuhalten. Dann setzte er sich wieder, legte das Kinn auf die Bank, den Mund ein wenig offen mit den Zahnlücken, die er seit ein paar Tagen hatte.

Wenn jemand wirklich im Ernst geglaubt hatte, daß Jans in der Schule sich regen und aufwachen würde, so war das ein Irrtum gewesen. Jetzt war aus Jans überhaupt nichts mehr herauszuholen. Und wenn er heimkam, warf er sich, ohne sich umzusehn, geradezu über seinen Teller und aß in einer neuen beängstigend hastigen und gierigen Art.

An den Sonntagen, wenn Marie und Jansen ihre kleinen Ausflüge den Fluß hinunter machten, das weißgeputzte Kindchen abwechselnd tragend, ein wenig vor Hitze seufzend, aber doch mit zufriedenem Gesicht, wie man eben einen großen Blumenstrauß trägt, war Jans entweder nicht aufzufinden, oder er blieb gleich am Anfang so weit zurück, daß man ihn bald zu Hause ließ. Öfters, gegen Ende des

Nachmittags bekam Marie den Einfall, jemand zu besuchen, um das Kind zeigen zu können. Sie gingen zu einer ihrer Schwestern, die am andren Ufer verheiratet war. Da wurde gerade irgend etwas gefeiert, die Stube war vollgepfropft, es gab Bier und Singen und Kuchen, und am Tisch rückte man aneinander für Marie und Martin. Das Kind wanderte von Schoß zu Schoß; wurde getätschelt und gezupft, Mariens blanke braune Augen glänzten, und sie fand unaufhörlich Grund zum Lachen, wobei sie den Kopf zurückwarf und die Augen zudrückte. Auch Jansen aß und trank und redete nach rechts und nach links, und einmal stand er auf und ging ein wenig ins Freie. Es war nicht weit her mit seiner Gesellschaft, und er wurde nicht vermißt und war in einer halben Stunde schon wieder da. Er lief nur über die Brücke, durch die sonntäglich leere Gasse, und je näher er seinem Hause kam, desto größer wurde seine Unruhe. Er öffnete die Tür, und unwillkürlich blieb sein Blick am Tisch hängen, wo – der einzige unordentliche Punkt in dem aufgeräumten Zimmer – Jans' leer getrunkene Untertasse stand mit Krumen im Unterteller. Und sonderbar, bei diesem Anblick zog sich ihm das Herz zusammen, nicht in jenem geläufigen ihm so wohlbekannten Schmerz, der von außen wie ein Messer traf, so daß er die Stelle mit dem Finger hätte bezeichnen können, sondern in einer unbekannten Traurigkeit, die von innen her aufstieg, für die sein Herz nicht das Ziel, sondern der Ursprung war, ohne viel Aufhebens weich und lautlos, fast wie eine Liebkosung.

Er sah sich um und erblickte Jans, der zusammengerollt, mit angezogenen Beinen auf dem Bett lag und schlief. Er näherte sich dem Bett auf den Fußspitzen, bückte sich über ihn und streckte die Hand aus, um sein Haar zu streicheln. Aber gleich zog er sie zurück, zuckte mit den Schultern, wandt sich ab und ging heraus. Als sich die Tür hinter ihm geschlossen hatte, schnurrte Jans wie eine Sprungfeder hoch, starrte nach der Tür und rollte sich in der gleichen Sekunde wieder zusammen. Er hatte die Schritte auf der untersten Stufe gehört, er hatte sie näher und wirklicher und wahrscheinlicher werden hören, er hatte sich in das Bett geflüchtet und den Atem nicht anzuhalten brauchen, der ihm ohnedies gestockt war, weil das, worauf er gewartet hatte, schon gar zu plötzlich wahr werden sollte. Es war dicht an ihn herangekommen und war im nächsten Augenblick vollkommen da. Aber der Augenblick ging vorüber, das Nahe entfernte sich, und die Tür hatte sich hinter seinem Vater geschlossen. Und obwohl Jans jetzt allein und niemand da war, der sein Schluchzen hätte hören können, biß er noch zur Vorsorge in seinen Kissenzipfel.

Ein paar Tage später, als Jans von der Schule nach Hause kam, waren seine Eltern auf den Flur gegangen, und die kleine Anna lag allein am Fenster in ihrer Wiege. Jans blieb in der Mitte des Zimmers stehen, streifte seinen Ranzen herunter und horchte. Dann trat er an die Wiege, zog sich einen Stuhl heran und kniete darauf, um besser hereinsehen zu können. Noch nie hatte er die kleine Schwester ungestört betrachten können. Er fühlte bei ihrem Anblick gar keinen Stich im Herzen. Er hielt nur den Vorhang zurück und betrachtete sich alles, ihren runden Kopf mit dem kurzen hellen Haarschopf, ihre winzigen Fingernägel, wie wenn zwei Sternchen, aus verschiedenen Richtungen der Unendlichkeit auftauchend, eine Sekunde in der Ewigkeit sich streifend, einander betrachten.

Wie er die Stimmen seiner Eltern hörte, stellte er schnell den Stuhl vor den Tisch und setzte sich.

Marie schöpfte die Suppe aus, eine Weile war nichts zu hören als das Schlürfen und Plätschern ihrer Löffel. Nach Tisch setzte sich Marie aufs Bett und öffnete ihr Kleid, und Jansen reichte ihr das Kind. Jans machte sich noch an seinem Schulranzen zu schaffen, um den Augenblick abzupassen, wo seine Mutter ihre Brust noch nicht frei gemacht hatte und sein Vater schon so viel Schritte voraus war, daß es keine Gefahr mehr gab, mit ihm zusammenzustoßen.

Es war gegen Ende des Sommers, ein windiger Tag, zwischen Sonne und Regen schwankend. Wie Jans aus der Haustür kam, fuhr ihm ein Windstoß in den immer offenen Mund, daß er hustend zusammenfuhr.

Er wollte die Gasse herauflaufen, aber der Wind schwenkte ihn herum, und da er ja weiter keinen festen Entschluß hatte, so ließ er sich die Gasse herunter gegen den Fluß blasen. Viele Stücke Papier und Blätter und Gott weiß was flogen denselben Weg, ein Mann schrie hinter seinem Hut her, wie hinter einem Hündchen, Tore flogen zu, Scheiben klirrten, Ziegel polterten von den Dächern und Töpfe von den Fenstern. Jans' nackte Beinchen liefen wunderbar mühlos, er spreizte die Arme, legte sogar den Kopf zurück und sah in die Luft. Der Himmel stand niedriger als sonst, die glänzend weißen, scharf gezackten Wolken streiften auf ihrem Flug die Dächer. Wie ein unbekannter Gast einem herrlichen Schiff entsteigt, so war gewiß der Wind mit einer dieser Wolken gelandet, und kaum war er da, so wurden die schweren vielstöckigen Häuser, diese tiefverankerte, unverrückbare Welt, die sich sonst weder durch Drohungen noch durch Gebete bewegte, in Ungeduld und leise Betrunkenheit versetzt.

Über den Fluß war ein weißer Schaum versprenkelt, und in Jans' Gesicht brannten rote Flecken, wie er die Treppe zur Brücke heraufkam. Auf der Brücke rannten die Knaben hin und her, hockten auf dem Geländer, spuckten zwischen die Ritzen und versuchten zwischen die Querbalken zu klettern. Wie Jans erschien, schauten alle einen Augenblick nach ihm hin – »Was will denn der hier!«

Vielleicht war der Wind dran schuld, alles ging heute leichter als sonst, jedenfalls machte Jans einen kleinen Anlauf, um sich zu den andren auf das Geländer zu schwingen. Aber er prallte nur mit den Knien ein bißchen dagegen und rutschte herunter. Die Knaben fingen an zu lachen, und Jans machte kehrt und senkte lächelnd den Kopf. Noch auf dem Treppenabsatz hörte er die Zurückgebliebenen rufen und lachen.

Auf einmal ging das Lächeln aus Jans' Gesichtchen fort, und sogar die roten Flecken verschwanden. Es war etwas andres darin, was noch nie darin gewesen war. Er drehte sich plötzlich um und nahm einen neuen Anlauf. Was für ein Anlauf! Da hing er über dem Wasser an seinen dürren Armen, in seinen weiten roten Hosen, winzig und mager, aber ganz besessen von Wildheit. Er spürte den Querbalken unter seinen bloßen Füßen, er wurde ganz außer sich, er zwängte seinen Kopf zwischen die Stäbe und die Beine hinterher, er hing wie eine Mücke in dem Netz von Stäben und Balken über dem braunen faulen Wasser. Er kroch weiter, sein Herz schnurrte wie ein Rädchen herum, das Geschwirr dröhnte in seinen Ohren. Aber Jans gab nicht acht auf das Rädchen. Er hatte nur einen einzigen Gedanken, unter der Brücke entlang und vor aller Augen auf der andren Seite wieder heraufzuklettern. Und die Knaben hatten ihn gleich verstanden. Wie man vom Geländer aus nur noch Jans' nackte gekrümmte Zehen erblicken konnte, waren sie auf die Mitte der Brücke gerannt und hatten sich platt auf den Bauch gelegt, um durch die Ritze zu sehen.

Jans kroch weiter. Das Wasser gluckste, er stutzte einen Augenblick, gleich wurde sein Körper so schwer, daß die Ärmchen wie Fäden reißen mußten. Aber die Knaben über seinem Kopf kratzten und scharrten, und bei diesem Geräusch wurde Jans toll. Er biß sich mit den Zähnen in die Stäbe, er kroch weiter, er mußte heraufklettern. Er dachte an nichts andres, er hatte alles andre vergessen. Er hatte vergessen, was zurücklag, er hatte den Winter vergessen und das Zimmer und das Fenster auf den Hof. Er hatte seine Schwester in der Wiege vergessen, er hatte seine Mutter und ihre Brust vergessen, er hatte ihn, seinen Vater, vergessen und allen Kummer, den er je erlebt hatte. Er hatte nur den einzigen Gedanken: unter der Brücke hindurchzuklettern. Die Knaben, die zum andren Geländer gelaufen waren, erblickten zuerst seine Arme und dann seinen Scheitel, und dann erschien sein weißglänzendes Gesichtchen über der Brüstung: »Wahrhaftig, da ist er!« schrie der kleine Rote, sprang von einem Fuß auf den andren und klatschte in die Hände. »Aber käsig sieht er aus!« sagte ein andrer. Aber den hörte Jans gar nicht mehr. Er hatte nur mit einem kurzen festen Blick den Roten angesehn, dessen lachende Augen kleine Fünkchen absprühten, und war dann mit einer Miene, als ob ihm weder an dem Beifall seines Gefährten noch an irgendeinem Beifall auf der Welt etwas liegen würde, mit den bloßen Füßen nachdrücklich aufklatschend, in entgegengesetzter Richtung nach der Treppe gegangen. Das Rädchen innen surrte weiter, es lag ihm nichts daran. Er bekümmerte sich auch nicht um das, was sich jetzt anfing durch seine Kehle zu zwängen. Wie es sich Luft machte und herauszufließen begann, erinnerte sich Jans, daß ihm das schon einmal passiert war, und es war eine gute Erinnerung. Er wollte seinen Fuß auf die Stufen setzen, aber die Stufen hüpften. Er trat fehl, überschlug sich und blieb auf dem Treppenabsatz liegen. Seine Stirn und seine Arme waren aufgerissen, aber das spürte er bereits nicht mehr. Seit der kleine Rote »Wahrhaftig, da ist er!« ausgerufen hatte, da hatte Jans, während er über die Brücke ging, nur gespürt, was jeder spürt, wenn das, worauf er sein Ziel gerichtet hat, erreicht und getan ist. Aber auch die letzte blasse Erinnerung an irgendein Weh war aus seinem Herzen verschwunden. Für diesen großen Gast war sein winziges Seelchen doch eine gar zu enge Behausung. Aber soviel Freude überhaupt hereinging, soviel Freude war während dieser zwei Minuten darinnen.

Ein paar Arbeiter, die auf dem Heimweg als erste die Treppe heraufkamen, hoben ihn auf, wischten sein Gesicht ab, und einer sagte: »Aber das ist ja dem Jansen seiner!« –

Am Beerdigungstage saß Jansen in seinem wunderlichen steifen Kragen und Marie in ihrem schwarzen Kleide mit verweintem Gesicht mitten im Zimmer. In Jansens Gesicht war nichts Besondres zu sehen, es zuckte gar nicht darin, es wurde nur immer verlegener, sooft ihm jemand die Hand gab. Obwohl er sich mühte, wenig Platz einzunehmen, schienen sich doch seine Beine um die Füße aller Gäste herumzuschlängeln. Manchmal stand Marie eilig auf und machte sich an der Wiege zu schaffen, wie um zu zeigen, daß ihr doch noch etwas geblieben wäre. Von nun an gingen sie an allen Sonntagen, statt den Fluß entlang, über die Landstraße nach dem Friedhof. Marie führte die kleine runde Anna in ihrem weißen abstehenden Kleidchen, die bereits gehen konnte, an der Hand, und Jansen folgte einen Schritt hinterher, den Blick auf die nackten festen Beinchen seines Kindes gerichtet. Er blieb auch immer abseits stehen, wenn sich Marie am Grab zu schaffen machte, und sah ordentlich erleichtert aus, wenn sie weggingen. Anna hatte schon jetzt die blanken braunen Augen und das flinke anmutige Wesen ihrer Mutter. Wie es so geht, es kam ein Sonntag, an dem sie alle durch irgendein Ereignis abgehalten wurden, auf den Friedhof zu gehn, und diesem Sonntag folgte noch mancher andre, und schließlich benutzten sie nur noch die Feiertage.

Anna wurde groß und schön. Manchmal erzählte sie ihren Freundinnen, wie man etwas Sonderbares erzählt, von einem kleinen Bruder, den sie nie gekannt hatte. Aber noch viele Jahre später, als die Tochter schon längst aus dem Hause und Marie eine magere ältliche Frau mit hervorstehenden Backenknochen und strähnigem Haar geworden war, kam es manchmal vor, daß Jansen um eine Stunde Urlaub bat, um, wie er sagte, etwas Dringendes zu erledigen. Dann eilte er über die Brücke durch die Vorstadt, über die Landstraße, nach dem Friedhof, der an solchen gewöhnlichen Werktagen still und verlassen dalag. Er hielt sich nicht lange auf. Er sah sich um, ob auch kein Besucher oder Gärtner in der Nähe wäre; dann bückte er sich über das kleine Grab und strich mit der Hand ein paarmal die Schmalseite des Steines herauf und herunter. Oder er wickelte auch nur einen Grashalm gedankenlos um seinen Finger und zog ihn wieder heraus.

Wenn er aber die heiße staubige Landstraße nach der Vorstadt zurücklief, den Kopf gesenkt und die schwere Sonne im Nacken, dann erhob sich inmitten seines ausgepreßten grauen alten Herzens, rot und glühend, eine brennende Freude, ein heftiger Stolz, ein wilder Triumph, seine alte Verzweiflung wiedergefunden zu haben.

Anhang

Geschichte einer Geschichte

Anfang 1933 kam Hitler in Deutschland an die Macht. Der Reichstagsbrand im Februar gab den Vorwand für eine Verhaftungswelle der Nazis gegen politische Gegner. Meine Eltern – Anna Seghers und Laszlo Radvanyi – mußten fliehen. Über die Schweiz gelangten sie nach Frankreich und fanden dort Zuflucht. Einige Monate später brachte unsere Großmutter meine Schwester und mich an die französische Grenze, wo die Mutter uns abholte.

Von September 1933 bis Juni 1940 wohnten wir in Bellevue-Meudon, in der Nähe von Paris. Wir hatten den ersten Stock eines Häuschens in einem kleinen Garten gemietet. Die Besitzer, ein ehemaliger Offizier und seine Frau, lebten im Erdgeschoß. Meine Großeltern in Mainz sorgten dafür, daß unsere Möbel und Bücher uns mit Hilfe einer Speditionsfirma von Berlin-Zehlendorf nach Bellevue folgten.

Im Juni 1940 besetzte die deutsche Wehrmacht Paris und einen großen Teil Frankreichs. Abermals mußten wir fliehen. Über Zwischenstationen in den Pyrenäen, in Marseille, auf der Insel Martinique und auf anderen Inseln gelangten wir schließlich, im Sommer 1941, nach Mexiko.

Mit einem Stipendium, um in Paris studieren zu können, kam ich im Oktober 1945, als erster der Familie, nach Europa zurück. Ich war damals 19 Jahre alt. Meine Eltern baten mich, nach Bellevue herauszufahren, um zu erfahren, was aus unseren Sachen im Krieg geworden war.

Die Häuser in Bellevue standen alle noch. Allerdings wohnte ein neuer Besitzer in dem Häuschen. Der erste Stock war an eine Lehrerin vermietet worden. Ein großer Teil unserer Bücher und Möbel war in einem Zimmer und im Keller gestapelt. Natürlich wollten die neuen Bewohner des Hauses das alles loswerden. Die Gestapo hatte 1940 die Wohnung durchsucht. Dann hatten sich für eine Zeitlang deutsche Offiziere in den Zimmern einquartiert. Der alte Besitzer war vor dem Ende des Krieges gestorben. Seine Frau, nachdem sie das Haus verkauft hatte, lebte in einem schönen Altersheim im Westen von Paris; sie hatte einige unserer Möbel mitgenommen. Ich besuchte sie. Sie verlangte zuerst, daß wir die Miete der Wohnung für die ganze Kriegszeit nachbezahlten; sie wollte auch einige Möbel für sich behalten. Eine schwierige Verhandlung folgte.

Schließlich konnte ich die Bücher und den übriggebliebenen Teil unserer Möbel in ein Möbellager in Paris transportieren lassen.

Einige Jahre später, als meine Mutter über eine richtige Wohnung in Berlin-Adlershof verfügte, bat sie mich, ihr die Bücher (»aber nur die Bücher, bitte«) durch eine Speditionsfirma zu schicken. Das führte ich aus. Außer den Möbeln blieb einiger Kleinkram zurück: unbenützte Papierwaren, Hefte und einige Mappen mit Zeitungsausschnitten, Abschriften usw. Ich zeigte es ihr, als sie nach Paris kam. Sie sah es sich an und entschied: »Das bleibt bei dir.«

Eine ganze Zeitlang scheute ich mich – man soll mich verstehen –, in diese frühere Welt meiner Mutter einzudringen. Als sich nun aber ihr hundertster Geburtstag näherte, wollte ich das nicht mehr verschieben. Ich sah mir nun alles genauer an. So entdeckte ich – neben einem früheren Versuch zu einem ganz anderen Thema (in einem eng beschriebenen Heft mit ihrer Sütterlin-Handschrift) – die maschinengeschriebene Abschrift dieser Geschichte. Sie war mit keinem Autorennamen gezeichnet, aber es war ganz und gar die Art und Weise der Mutter zu erzählen. In einer kurzen handschriftlichen Notiz hatte sie Ende Mai 1925 den Titel *Jans muß sterben* erwähnt. Zweifellos ist dieser Text von ihr. Ich bat Christiane Zehl Romero, den Text zu lesen.

An dieser kleinen Erzählung fällt mir besonders die Fähigkeit auf, die meine Mutter ihr ganzes Leben besaß: sich in die Gefühle von anderen hineinzudenken.

Pierre Radvanyi
Orsay, Februar 2000

Der Ausbruch der Netty Reiling

Die Verwandlung der phantasiebegabten jungen Mainzerin Netty Reiling in die Schriftstellerin Anna Seghers begann während der Studienzeit in Heidelberg. Schon das Kind hatte kleine Geschichten erfunden und aufgezeichnet, doch erst die Studentin fing an, ernsthaft und leidenschaftlich zu schreiben. Damals »brach's wie ein Sturzbach aus mir heraus: ich schrieb, studierte, schrieb, studierte – wie 'ne Verrückte, das ging bis zur Erschöpfung«, erinnert sich Anna Seghers im Alter. Am 4. November 1924 beendete Netty ihr Studium mit der Promotion zum Doktor der Philosophie und einer Dissertation in Kunstgeschichte, *Jude und Judentum im Werke Rembrandts.* Im selben Jahr erschien ihre Geschichte *Die Toten auf der Insel Djal. Eine Sage aus dem Holländischen* in der Weihnachtsnummer der *Frankfurter Zeitung und Handelsblatt*, das einzige Produkt dieser Periode, das wir kennen. Die junge Autorin zeichnete mit einem Pseudonym: Antje Seghers. Wie sie viel später einmal erklärte, gab es ihr die Möglichkeit, sich mit diesem Namen, der u. a. einem im frühen zwanzigsten Jahrhundert wiederentdeckten Maler und Radierer im Umkreis von Rembrandt gehörte, bei ihren »Freunden bemerkbar zu machen«. – »Andererseits konnte ich mich auch hinter ihm verbergen.«

Die nächste Veröffentlichung, die Erzählung *Grubetsch*, ließ auf sich warten. Sie erschien erst 1927, wieder in der *Frankfurter Zeitung* und unter dem Namen Seghers, jedoch ohne Vornamen. Für Anna hatte sich die Autorin noch nicht entschlossen, vielleicht wollte sie auch ihr Geschlecht zunächst aus dem Spiel lassen. Von nun an ging es schnell. Das Jahr 1928 brachte die erste Buchveröffentlichung: *Aufstand der Fischer von St. Barbara* – anfangs ebenfalls ohne Vornamen – und Erfolg in Form des respektierten Kleist-Preises, für *Grubetsch* und den *Aufstand.* Im selben Jahr trat die junge Autorin der Kommunistischen Partei Deutschlands und dem neu gegründeten Bund proletarisch-revolutionärer Schriftsteller bei. Der Verwandlungsprozeß von Netty Reiling in Anna Seghers, die angesehene, wenn auch noch nicht berühmte, kommunistisch engagierte Autorin, war beendet, was natürlich nicht heißt, daß sie sich dann nicht noch weiter entwickelte und veränderte. Im privaten Leben war inzwischen aus Fräulein Dr. Reiling Frau Dr. Radvanyi geworden, sie hatte am 10. August 1925 ihren Studienkollegen Laszlo Radvanyi geheiratet, war zu ihm nach Berlin gezogen und hatte 1926 ihr erstes Kind, den Sohn Peter, geboren. All das ist bekannt. Bislang wußte man aber sehr wenig von den Übergängen. Was tat und vor allem, was schrieb Seghers nach Beendigung ihres Studiums?

Nun hat Pierre Radvanyi zur Freude von Forschern und, wie wir hoffen, von Lesern das Typoskript dieser hier veröffentlichten Geschichte gefunden. Es trägt den Titel *Jans muß sterben*, aber keinen Namen, stammt jedoch unzweifelhaft von Seghers. Neben Motiven und Stil, die auf ihre Autorschaft deuten, findet sich der endgültige Beweis in kurzen handschriftlichen Aufzeichnungen aus dieser Zeit, in denen Netty unter dem 26. Mai 1925 notierte: »Ich arbeite, Jans muß sterben«. Wann die Erzählung zu Ende geschrieben wurde und das Typoskript entstand, ist nicht mit Sicherheit zu sagen, auch nicht, ob die Arbeit der *Frankfurter* oder einer anderen Zeitung angeboten wurde und auf Absagen stieß – Seghers spricht ja einmal von »Fehlschläge[n]«, die ihren Veröffentlichungen vorangegangen seien –, oder ob die Autorin den Text selbst zurückbehielt, und aus welchen Gründen. Das Vorhandensein eines Typoskripts läßt aber vermuten, daß sie selbst die Geschichte für weit vorgeschritten, wenn nicht für abgeschlossen hielt, frühe Fassungen und Entwürfe schrieb sie auch später, als sie Mitarbeiterinnen und Sekretärinnen hatte, mit der Hand.

Sicher ist, daß *Jans muß sterben* in Mainz begonnen wurde. Hierher kehrte Netty Reiling nach beendetem Studium zurück und wohnte bis zu ihrer Hochzeit bei den Eltern. Es war eine produktive und schwierige Zeit für sie, in der sie zwei Entscheidungen, die sie noch als Studentin in den letzten Semestern getroffen hatte, in die Tat umzusetzen suchte: Schreiben als Beruf und Berufung und den Mann heiraten, den sie auf der Universität kennen und lieben gelernt hatte. Beides sollte sie endgültig von ihrer großbürgerlichen jüdischen Familie und deren Erwartungen an sie wegführen, ein »Ausbruch«, nach dem sie sich schon lange gesehnt, den sie aber mit dem Studium erst partiell und vorübergehend verwirklicht hatte. Nun, da es damit ernst wurde, litt sie unter Schuldgefühlen, da sie die Eltern enttäuschte und alleine ließ. Sie wußte aber, daß sie nicht mehr zu deren Welt gehörte und gehören wollte: »Ich muß fort. Ich muß wahr leben, sonst geht alles zu Grund. Niemals ist das Rechte leicht«, notierte sie in dieser Zeit.

Die Bindungen an die Eltern waren bei der Vierundzwanzigjährigen trotz innerer Distanz und Kritik weiterhin sehr stark geblieben. Netty hatte noch über ein Thema dissertiert, das sich mit dem Judentum befaßte, dem anzugehören ihr orthodoxer Vater stolz war, und sich beim Studium auf Kunstgeschichte konzentriert, nachdem sie ein breites Spektrum von Lehrveranstaltungen, vor allem Sinologie, Geschichte und Literatur belegt hatte. Damit hatte sie nicht nur eigene frühe Interessen verfolgt – »ich [habe] fast mehr mit bildender Kunst gelebt als mit Literatur«, sagte sie später einmal über Kindheit und Jugend –, sondern auch ein Fach gewählt, das in enger Beziehung zum Beruf und zum Kunst- und Antiquitätenhandel ihres Vaters stand. Sie war das einzige Kind und die Erbin einer alteingesessenen Familienfirma und vereinigte die Hoffnungen von Vater und Mutter – letztere stammte aus einer alten, höchst erfolgreichen Frankfurter Kaufmannsfamilie – auf sich. Jetzt aber plante sie ein Leben, das diese Hoffnungen nicht mehr berücksichtigte. Sie wollte einen an Geschäften uninteressierten, seit seiner Promotion im Jahre 1923 stellungslosen Privatgelehrten mit revolutionären Ideen heiraten, einen Exilungarn jüdischer Abstammung, doch ohne jüdischen Glauben. Und sie wollte Schriftstellerin werden. Beides mußte sie nach der Heimkehr erst durchsetzen, die Heirat gegenüber den Eltern, die Zeit und Disziplin zum Schreiben gegenüber ihrer Umgebung und sich selbst.

Äußerlich führte die junge Frau in diesen Monaten wieder das Leben einer Tochter aus gutem Hause: Besuche bei Freundinnen und Freunden, bei und von Verwandten, kleine und größere Reisen, unter anderem mit den Eltern nach Paris, vielleicht als Promotionsgeschenk, und soziale Arbeit, so die sie sehr befriedigende Tätigkeit in einer Kinderlesehalle, wo sie Märchen erzählte und sich um die schwierigen Kinder in ihrer Obhut Sorgen machte. Sie unterstützte ihren Freund bei seiner Stellungssuche und hoffte, daß ihr Vater dann der Heirat zustimmen würde. Innerlich lebte sie der

Welt ihrer »Bilder« und Träume und bemühte sich, sie in Geschichten zu bannen, die eine neue, andere Wirklichkeit schaffen würden. Sie wollte keine Zeit verlieren, sich nicht mit Erwartungen auf die Zukunft trösten, sondern schreiben. »Ich bin schrecklich zornig furchtsam auf m[eine] Arbeit. Sie ist in allen Fällen mein Rückgrat. Möge Gott mir helfen«, notierte sie. Sie glaubte noch an Gott oder sehnte sich danach, an ihn zu glauben, es war aber kein streng jüdischer Gott mehr. Sie las zu dieser Zeit Kierkegaards *Einübung zum Christentum*, »mit Trost«, wie sie bemerkte.

Zweifel an ihrer Begabung kannte sie schon damals kaum, sie betrachtete ihr Talent jedoch als Verpflichtung zu ernsthafter Arbeit und übertrug die Disziplin, die sie sich als gute Schülerin und Studentin erworben hatte, auf ihr Schreiben. Jeden Tag wollte sie »rücksichtslos« mehrere Stunden arbeiten. Schreiben war ihr aber keine Fleißarbeit, sondern tiefes, »schreckliches« Bedürfnis, sie war voll von Plänen und Ideen und notierte sich – wie auch später häufig, aber nie mehr in solcher Fülle – Titel und Sujets. Schon damals beschäftigte sie sich mit mehreren Projekten gleichzeitig. Einige gingen vermutlich in spätere Arbeiten ein, andere wurden verloren oder nie realisiert. Die angehende Autorin suchte ihre eigene Stimme zu finden und experimentierte mit verschiedenen Stoffen und Formen, hatte dabei aber, wie sie zumindest rückblickend meinte, »eine ziemlich klare Vorstellung, von dem, was ich schreiben wollte und wie«. Sie selbst brachte diese Vorstellung später auf die eingängige, häufig zitierte Formel: »Es gab dabei zwei Linien: Erzählen was mich heute erregt, und die Farbigkeit von Märchen. Das hätte ich am liebsten vereint und wußte nicht wie.« *Jans muß sterben* stellt, soweit wir jetzt sehen können, einen ersten Versuch in diese Richtung dar.

Autoren und Bücher, von denen sie lernte und lernen wollte, waren unter anderem »Büchner, die Novellen von Kleist, die Prosa von Heine, Volksmärchen«. Märchensammlungen aus allen Teilen der Welt und chassidische Geschichten, Werke von Martin Buber und Søren Kierkegaard, darunter *Die Krankheit zum Tode*, ein Buch, das ihr Laszlo Radvanyi schon 1921 geschenkt hatte, gehören zum frühen Bestand von Seghers' umfangreicher, erhaltener Bibliothek – und eine viel gebrauchte Lutherbibel aus dem Jahre 1916.

Soviel zu den Lebens- und Arbeitskontexten, aus denen *Jans muß sterben* stammt.

Im Gegensatz zu vielen jungen Autoren und Autorinnen wurde Netty Reiling nicht vom Bedürfnis nach Bekenntnis und Selbstdarstellung zum Schreiben inspiriert, sondern von dem Wunsch, sich in andere Welten und Menschen zu versetzen, sowohl in die phantastischen von Sagen und Legenden als auch in »ein bis dahin verdeckt gebliebenes Stück Wirklichkeit«, das sie »ans Licht« bringen wollte, wie sie in ihrer Dissertation von Rembrandt sagte. Das »Stück Wirklichkeit«, das sie bei dem Maler besonders interessierte, kam, wie sie erklärte, aus einer »für die Blicke der Zeitgenossen eindruckslosen und verschlossenen Umwelt der Armen und Schwachen«, die der Künstler erst »entdeckt« und für andere sichtbar gemacht habe. Auch sie wird die Welt »der Armen und Schwachen« in ihrer Umgebung erzählerisch entdecken und zu der ihres Werkes machen. *Jans muß sterben* stellt in dieser Hinsicht ebenfalls einen ersten Versuch dar. Das Motiv des Hofes in Rembrandts Bildern, das sie in der Dissertation eigens beschreibt, mag sie ermutigt haben, die wirklichen Hinterhöfe in Mainz, die sie seit der Kindheit kannte, genauer zu sehen und mit

Geschichten zu beleben. Allgemein scheint die Erzählerin, die sich schon als Kind zu Bildern kleine Geschichten ausgedacht hatte, in *Jans muß sterben* von realen Bildern ihrer Heimatstadt auszugehen: dem Hof mit seinen Zimmer-Küche-Wohnungen und den Abfalleimern, den Knaben auf der (Rhein-?)Brücke bei ihren gefährlichen Spielen, dem Kind in seiner auffallenden roten Hose, dem schwerfälligen jungen Arbeiter in seinem Kittel, seiner schönen, erotisch aufgeweckteren Frau. Hierzu erfand sie Schicksale. »Ich war auf Personen und Handlungen aus«, sagte sie später einmal. Noch spielt die soziale Bedingtheit der Figuren insofern keine Rolle, als die Armut weder drückend noch für das Geschehen entscheidend ist. Es kommt der jungen Autorin vielmehr darauf an, daß diese »Proletarier« das Menschliche überhaupt repräsentieren und in ihrem Milieu ernst und wichtig genommen werden, wozu auch die auffallende Vermischung von zeitbezogenen, wirklichkeitsnahen mit märchenhaften und mythischen Elementen in *Jans muß sterben* und im Gesamtwerk gehört.

Der Realismus der Erzählung, wie des Frühwerks allgemein, ist kein beschreibender, registrierender. Die äußere Welt ist vielmehr Ausdruck der inneren, subjektiven der Figuren – und der Autorin selbst. Netty geht von der Erfahrung ihrer Epoche als einer Krisen- und Übergangszeit aus, in der die alten Werte und Sichtweisen keinen Sinn und keine Relevanz mehr haben. »Wir kennen doch keinen Unterschied zwischen ›innen‹ und ›außen‹«, erklärt sie einige Jahre nach *Jans muß sterben* und fordert in diesem Zusammenhang von der Schreibenden: »An Gegenständen Spuren finden, die Spuren einer Lage!« Seghers spricht hier bereits von »Klassenlage«. Doch zunächst – und in einem Großteil des Gesamtwerks weiterhin neben der sozialistischen Orientierung – ist es die existentielle »Lage« des Menschen, sein Ausgeliefertsein an das Schicksal, jene »äußeren Mächte«, die »tief und furchtbar« »in den Menschen hineingreifen können«, wie es in den Schlußsätzen zu Seghers' berühmtesten Roman, *Das siebte Kreuz*, heißt. Wie kann der/die einzelne, vom Schicksal »Gezeichnete«, diesen Mächten begegnen, Isolation und Angst überwinden und sich behaupten? Diese im Grunde existenzphilosophischen Probleme beschäftigen Seghers, die Leserin Kierkegaards und Studentin von Karl Jaspers, in *Jans muß sterben* und später immer wieder. Die Vorschläge für Antworten ändern sich mit den Jahren und der politischen Bindung, aber nicht so wesentlich wie vielleicht erwartet, da Seghers ihre existenzphilosophischen Wurzeln nie ausriß. Extreme Situationen und die Notwendigkeit zu grundlegenden Entscheidungen strukturieren ihre frühen Erzählungen und späteren Werke und sollen Ansatzpunkte für »das ganz und gar Neue« bieten, nach dem sich Netty – und Anna Seghers – sehnte.

Jans muß sterben enthält bereits viele für das Früh- und Gesamtwerk charakteristische Motive, z. B. den Fluß, der die Erzählung umrahmt: »Ein Fluß spielt in all meinen Geschichten und all meinen Romanen eine gewisse Rolle«, sagte Seghers später. Wo es kein Fluß ist, ist es das Meer, beide gehörten zu den »Originaleindrücken« ihres Lebens – der Rhein bestimmte die Landschaft ihrer Heimat, das Meer liebte Netty schon als Kind, das viele Ferien- und Erholungsaufenthalte an der Nordsee verbrachte. Wasser ist aber auch ein bedeutendes Märchenmotiv und eine zentrale Metapher der romantischen Literatur und ihrer neuromantischen, symbolistischen und expressionistischen Erben. Bei Seghers ist ein Fluß – wie auch das Meer – meist Sinnbild für Befreiung, Veränderung oder für die Sehnsucht danach, steht aber in *Jans muß sterben* gleichzeitig für Gefahr und Tod. Das Todesmotiv und die Frage danach, wie der Tod überwunden, »sozusagen zeitweilig« gemacht werden könnte, wie Seghers viele Jahre später im Zusammenhang mit ihrem Roman *Die Toten bleiben jung* sagte, beschäftigte sie ein ganzes Leben lang, von frühen Studentenarbeiten, in denen sie römische und romanische Grabmäler in Deutschland untersuchte, bis zu ihrem letzten Erzählband *Drei Frauen aus Haiti.* Nicht die Müdigkeit und Todessehnsucht der Dekadenz, sondern Lebenshunger, die Forderung nach Fülle, der Aufruhr gegen Beschränkung des Daseins, gegen Langeweile und Leere und – in *Jans muß sterben* – gegen Krankheit, sind bei ihr damit verbunden.

Die zentrale Rolle, die Krankheit in dieser Erzählung – und in der Literatur der Dekadenz – spielt, ist jedoch für Seghers relativ ungewöhnlich, obwohl oder vielleicht weil sie als Kind oft krank war. Doch mag die Erzählung damit Auskunft geben über die autobiographische Dimension von Motiven wie Hof und Zimmer, Höhle/Schenke und Kerker, die im Früh- und Gesamtwerk immer wiederkehren und die Seghersche Auseinandersetzung mit den Themen Einsamkeit und Gemeinschaft, Gefangensein und Ausbruch in vielen Variationen markieren und strukturieren. Auch die ausschließliche Konzentration auf ein Kind und seine Kleinfamilie, auf die Dynamik zwischen Mann und Frau, Vater und Sohn ist bei Seghers selten, obwohl sie sich immer wieder mit den Problemen von Kindern und vor allem Jugendlichen beschäftigte und in Essays, Erzählungen und Romanen darüber schrieb, doch meist mit pädagogischer Absicht, die hier völlig fehlt. Auf den Spuren Kierkegaards, ohne Rücksicht auf traditionelle Wertvorstellungen, erzählt die junge Autorin von einer existenziellen Grenzsituation, in der sich Vater und Sohn trotz ihrer Unfähigkeit, Liebe und Bedürfnisse zu artikulieren, ähnlich verhalten. Jeder begehrt auf seine Weise gegen Krankheit und Hoffnungslosigkeit auf, die plötzlich über sie hereinbrechen. »[R]ot und glühend« soll zumindest das Unglück sein, wenn es keinen Glanz, keine Freude und keine Beziehung zu anderen gibt. Dieselben Attribute für ein ersehntes Unglück, das besser ist als die Öde eines hoffnungslosen, ängstlichen Daseins, wiederholen sich in *Grubetsch*, der Erzählung, die *Jans muß sterben* in der Topographie, im Stil und in der Figurenzeichnung und wohl auch zeitlich sehr nahe steht, aber in der Thematik und im Ensemble der Charaktere weiter ausgreift. Diese Nähe mag auch ein Grund sein, warum Seghers *Jans muß sterben* sozusagen vergaß.

Krankheit als Hauptmetapher für ihre Zeit und die existentielle Bedrohung des Menschen kehrt im Seghersschen Werk zwar nicht mehr wieder, doch das Aufbegehren gegen ein beschränktes, hoffnungsloses Leben wird zu einem Grundthema. Die Sehnsucht nach Ausbruch, Fülle und Leidenschaftlichkeit bestimmen den Inhalt und auch den Stil der weiteren Werke. Im hohen Alter fordert Anna Seghers »unbekümmerte [...] Leidenschaftlichkeit, die der Leser aus einer Geschichte spüren muß«, und meint, daß sie in ihren frühen Geschichten »ganz stark enthalten« sei. In diesem Zusammenhang kritisiert sie eine viel spätere Erzählung, *Die Tochter der Delegierten*, eine von wenigen, die ebenfalls ein Kind in den Mittelpunkt stellen. Erinnerte sie sich an *Jans muß sterben*? Wohl kaum. Doch hat diese Geschichte die Leidenschaftlichkeit und Unbekümmertheit des Erzählens und der Bilder, die sie fordert. Das Ineinander von Schauplatz und Figuren, von physischer Beschränkung und seelischem Ausbruchsverlangen und eine eigentümliche, gleichzeitig knappe wie poetische Sprache verleihen der Erzählung bereits jene besondere Intensität, die das Frühwerk von Netty Reiling/Anna Seghers charakterisieren und es immer wieder faszinierend machen.

Christiane Zehl Romero
Winchester, Massachusetts, Februar 2000

Zu dieser Ausgabe

Textgrundlage ist ein Typoskript (anderthalbzeilig beschrieben, 25 Seiten), das sich im Besitz von Pierre Radvanyi befindet. Es ist mit keinem Autorennamen gezeichnet.

Für diese Publikation wurden Tippfehler und falsche grammatische Bezüge berichtigt sowie Orthographie und Interpunktion nach den bisher geltenden Rechtschreibregeln korrigiert, sofern es sich nicht um stilistische Eigenheiten, z. B. die kommalose Aneinanderreihung von Adjektiven oder Adjektivkonstruktionen, handelt.

Technisch bedingte Schreibweisen von Umlauten wie Ue, Oe oder Ae wurden als Ü, Ö bzw. Ä wiedergegeben, ss den Regeln entsprechend als ß.

Die Häufung von Zeichen, besonders zum Abschluß einer wörtlichen Rede, wurde vereinfacht, die Abfolge von Abführungszeichen und Komma bzw. Punkt normiert, der Gebrauch mehrerer Gedankenstriche auf einen Gedankenstrich reduziert, die Kennzeichnung eines größeren Absatzes durch eine Reihe von Gedankenstrichen durch eine Leerzeile ersetzt.

Darüber hinaus wurden folgende Eingriffe vorgenommen:

Seite 23:
Marie sah ihm mit steigender Angst mit zu > ... mit steigender Angst zu

Seite 24:
Im Flur wurde eine Treppe zugeschlagen > ... eine Tür zugeschlagen
Seite 33:
Marie verwehrte es ihm den Platz nicht > ... verwehrte ihm den Platz nicht
Seite 44:
als ob ihr eignes Herz > als ob sie ihr eignes Herz
Seite 47:
nach der sich > nach der er sich
Seite 50:
und sah mit geneigtem Kopf mit zu > ... mit geneigtem Kopf zu
Seite 53:
um das Kind zu zeigen zu können > ... Kind zeigen zu können

A. G.

Inhalt

Christiane Zehl Romero

Anna Seghers

Eine Biographie

Teil I: 1900 – 1947

Etwa 400 Seiten
Etwa 35 Abildungen
Gebunden mit Schutzumschlag
ISBN 3-351-03498-9
Erscheint im Oktober 2000

»Deutsche, Jüdin, Kommunistin, Schriftstellerin, Frau, Mutter«, so benennt Christa Wolf die scheinbar widersprüchlichen Identitäten der Anna Seghers. Nach den heftigen, kontroversen Diskussionen um ihre Person wird es Zeit für einen neuen Blick auf sie und dafür, das Bild der umstrittenen Autorin von den vereinfachenden Wahrheiten zu entlasten. Die an der Tufts University lehrende Christiane Zehl Romero unternimmt die Suche nach den kenntlichen und nach den verborgenen Spuren im Werk und in den Lebensumständen von Netty Radvanyi, geborene Reiling, die sich Anna Seghers nannte. Sie ist die erste, die sich intensiv auch mit Prägungen der Kindheit und Jugend beschäftigt und überraschende Zusammenhänge aufdeckt.

Aufbau-Verlag

Anna Seghers

Das siebte Kreuz

Roman aus Hitlerdeutschland

Werkausgabe, Band I/4
Bandbearbeitung: Bernhard Spies
Mit Anmerkungen und Kommentar
Etwa 480 Seiten
Leinen mit Schutzumschlag,
Fadenheftung, Leseband
ISBN 3-351-03454-7
Erscheint im Oktober 2000

Der erste Band einer neuen Edition der Werke von Anna Seghers, an der international renommierte Seghers-Forscher beteiligt sind, ist der Roman, durch den die Autorin weltberühmt wurde. Sieben Gefangene sind aus dem KZ Westhofen geflohen. Sie haben die längst und eindeutig gegen sie entschiedene Machtfrage neu gestellt. Nur einem von ihnen gelingt der Ausbruch. Mit dem populären Muster der Fluchtgeschichte rollt der Roman die Struktur des ganzen deutschen Volkes auf und zerlegt die Motive der Mitmacher, der eingeschüchterten früheren Oppositionellen, der Funktionsträger des Regimes und derjenigen, die dem Flüchtling helfen.

Die auf 21 Bände angelegte neue Werkausgabe ist eine Leseausgabe mit sorgfältig edierten Texten, die Fehler und Verschleißerscheinungen bisheriger Ausgaben beseitigt. Die Kommentare basieren auf dem neuesten Stand der Seghers-Forschung.

Aufbau-Verlag

Anna Seghers

Hier im Volk der kalten Herzen

Briefwechsel 1947

Herausgegeben von Christel Berger
277 Seiten
Mit 12 Abbildungen
ISBN 3-7466-5172-7

Im April 1947 kehrte die Autorin des »Siebten Kreuzes« aus dem mexikanischen Exil nach Berlin zurück. Ihre Korrespondenz aus dieser Zeit ist ein Dokument besonderer Art: Hier ist nicht nur die Seghers auf sehr persönliche Art kennenzulernen, präsent sind auch all die Probleme der Heimkehr einer Emigrantin in ein zerstörtes Land, zu Menschen, die den eigenen Anteil am Geschehenen nicht wahrhaben wollen. Es fällt ihr schwer, wieder in Deutschland heimisch zu werden. Allein, getrennt von der Familie, ohne die Freunde, die umgekommen sind oder in anderen Ländern leben, leidet sie unter Fremdheit und Kälte, klagt über die Verwahrlosung der Menschen, wünscht sich, wieder einmal lustig zu sein und zu träumen.